KB199609

문학과지성 시인선 615

나쁘게 눈부시기

서윤후 시집

문학과지성사

문학과지성 시인선 615

나쁘게 눈부시기

초판 1쇄 발행 2025년 4월 18일
초판 2쇄 발행 2025년 5월 13일

지은이 서윤후
펴낸이 이광호
주간 이근혜
편집 허단 이주이 김필균 윤소진 유하은 최은지
마케팅 이가은 허황 최지애 남미리 맹정현
제작 강병석
펴낸곳 ㈜문학과지성사
등록번호 제1993-000098호
주소 04034 서울 마포구 잔다리로7길 18(서교동 377-20)
전화 02)338-7224
팩스 02)323-4180(편집) / 02)338-7221(영업)
대표메일 moonji@moonji.com
저작권 문의 copyright@moonji.com
홈페이지 www.moonji.com

ISBN 978-89-320-4365-4 03810

이 책은 서울특별시, 서울문화재단 '2024년 창작집 발간지원 사업'의
지원을 받아 발간되었습니다.

문학과지성 시인선 615

나쁘게 눈부시기

서윤후

시인의 말

돌아보지 않으려고
나는 이 악몽을 받아 적고 있다.

2025년 4월
서윤후

나쁘게 눈부시기

차례

3부 아무도 없는 우리

4부 여긴 따뜻한 이야기가 망쳐버린 혹한이었지

해설

1부
햇빛이 모두에게 좋은 게 아니라면

근하신년

새해 첫날 태몽을 꾸었다. 나는 누구의 아이를 대신 낳았을까. 연둣빛 열매를 반으로 가르는 꿈. 좋은 칼을 가졌단 말을 설핏 들었는데. 도복을 입고 손날을 허공에 날리며 걷는, 갈증을 유독 잘 느끼는 그런 아이를 낳은 것만 같다. 날이 추워져 화분을 방 안에 들이고 다 함께 말라간다. 함께 죽어가는 것에도 기쁨 있어라. 너무 모진 축복이라 죄송해요. 꿈이라서 나는 말한다. 겨울잠도 버리고 간 짐승. 짐승이 내는 소리는 왜 다 우는 것처럼 들릴까. 작년 일은 다시 오지 않을 것이다. 아이가 나를 낳고 찾아오지 않듯이. 골목에는 빗자루가 세워져 있다. 오늘은 틀림없이 눈이 올 것이다. 꿈을 거듭하며 축복의 검열관들을 뚫고. 눈송이가 웃는 듯이.

흑백판화

손전등을 가지고 있었지만
가볼 만한 어둠이 없다

최단 경로로 검색해 도착한 작은 식당
백반 정식을 주문한다
좁고 오래된 간격일수록 친밀한데
물컵에는 빠져 죽은 초파리
이렇게 풍경을 망치려고 한 게 아니다

입김이 헐거워 주머니에 손을 찔러 넣고선
손전등 감추고 싶어서
숨길수록 커지는 게 있어서
내게서 가장 깊숙한 곳을 찾아 더듬는다
숨을 곳이 의외로 많았다

나쁘게 눈부시기
풍경의 보온

나는 여전히 밝은 쪽에 서 있다

그게 벌어진 모든 일의 이야기가 될 수 있었지만
손전등의 쓸모가 될 순 없어서
어둠을 켜는 진눈깨비 쏟아지고
작고 좁은 보폭이 나를 뒤따라온다

좋은 일로 찾아오고 싶었어요
방명록엔 한 줄 여백도 남김없이
내가 떠나온 사람들의 이름으로 가득하다

손전등을 꺼내어
두 눈을 향해 겨누어본다

경적을 울리며 차들이 나를 지나친다

미도착

양생 중인 바닥을 갖고 싶다
지금은 도착에 대해 생각 중이니까
기다리는 동안 너는 어떤 무지가 될래?
약속에 늦는 사람은 내 기다림을 완성시킬 수 있다

어둡고 깊은 곳에
나는 먼저 와 물을 따르는 사람
매일 시동 거는 꿈을 뒤척이고
난분분한 바닥을 짐작했으며
떨어지는 법을 쌓아 추락을 지연시킨다

들이닥친 빛 한 줌
내가 누비던 바닥을 훤히 비췄을 때
손바닥 자국을 누더기로 쓴 악인의 얼굴이 그려져 있었다
처음 보는 얼굴은 아니라서

먼저 갈게
말하고 여태껏 진동하는 심장

나는 몇 시간째 양생 중인 바닥을 보는 중이다
우리 산업의 도착은 콘크리트
끝없는 나락 속에서도
사랑의 반죽을 치대고
누가 나를 낳았던 깊은 지하에도
휘갈긴 우중충한 사랑이었고

그 후로 나는 도착하지 않는 생각이다

흐드러진 벚나무 보며 걷다가 양생 중인 바닥에 발자국 하나 살며시 남기고는
신발 밑창을 다시 콘크리트 바닥에 긁으며 나아가는
사람의 운세가 되고 싶어진다
약속에 늦게 나타난 사람에게 이런 이야길 하자
자꾸 머리를 조아리며 사과하고

그가 나를 근처 스키야키집이나 우동집에 데려가면
나는 뜨거운 국물 앞에서
양생 중인 바닥을 잊고 만다

그건 내가 지워지는 재료로

만들어졌다는 뜻

조용히 분노하기

간밤에 꾼 꿈에선 계단과 울타리가 약속한 난간이었다
나는 출근 버스를 눈앞에서 보낸다

매달려 있던 것들이 나를 놓아버리는 응원
바닥은 장황한 은유처럼 입 벌리고
나 맛있을지도 모르는

초콜릿으로 구성된 아몬드의 꿈을
누군가는 뱉고 싶었을 거다
매일 조금씩 떠날 준비를 하며 물건을 치우다
오피스엔 지압 슬리퍼만 멀쩡하고
탁상 달력은 지키지 않은 약속들로 편성된다

키오스크 앞에서 굶주리는 사람과 부엌 창가에 난데없이 자란 양파 새순과 유아차 바퀴가 돌아서는 문턱을 볼 때
나는 그저 무사히 집에 돌아오려고
꺾인 길목마다 새어 나가지 않고

반복이 경험을 휘젓는 순간도 용서했는데

갓길에 멈춘 푸른 트럭의 일이나
암전된 명동 거리를 홀로 밝히는 딸기 탕후루나
일기예보마저 거짓말이었을 때

아침에 가져온 텀블러엔
기어코 녹지 않은 얼음이 찰랑거린다

나를 지나쳤던 버스가 돌아오는 차고지의 밤에
패색 짙은 얼굴을 달래듯 걷는다
포기는 나를 쉽게 해버린다 이야기가 되려고
그런 줄거리를 해명하며 살아간다

불행이 스스로 갖춰 입은 어둠을 눈부시게 바라보는 사람도 있으니까
이야기마저 버리고 간 이야기는 누가 들을까
나는 어디에 묻은 얼룩이라 지워지지도 않고
희박해지는 풍경 속을 헤매고 있을까

오늘 누군가의 일기가 멈춘 일을 생각한다

아무런 일도 일어나지 않는다는 것이

이상하게 화가 난다

무늬는 조금 더 걷고 싶어 해

그런 기분 느껴본 적 있니?
장례식장에 너무나도 늦어버린 손님이
도착한 곳의 맏이가 되어가는

자신을 처음 들여다본 웅덩이 앞에서
길을 잃은 개의 흐느낌처럼

그렇게 시작된 생일 노래는 꼭
금세 꺼질 것 같은 촛불인지

그 과일을 좋아하던 사람의 얼굴로
열매의 이름을 부르게 되면서부터
개수대 앞에서 비 맞는 날들

신발을 다정하게 나눠 신어본 적 없어서
한쪽 슬리퍼만 풀 무더기 속에 남아
홀로 외발로 서 있던 저녁을 우리는 기억해야 해

이름 없는 것을 달랠 때 떠올리게 되는
가장 작고 부드러운 것

그것만은 꼭 지켜야 한단다

또 무아지경으로 졸았구나……
꿈이 걷게 만든 외곽 따라

쇼케이스 속 쿠키들은 예쁘게 무너진다
웃으면서 구겨질 수 있게 되었지
투명한 꿈엔 얼마나 많은 손자국이 묻어 있던지

미소가 인간의 무표정을 헤매다가
입꼬리에 달라붙을 때
그렇게 고른 헤어짐의 얼굴을 꼭 외워둬야 해

그땐 걷고 싶은 기분인 데다
쉬어 갈 곳 없었지만

지금은 차가 너무 막히니까
가도 가도 끝이 없으니까
기다리던 사람들도 하나둘 잠들고 있으니까

나빠지길 기다린다

교회 전단지를 받으면 자일리톨 캔디가 생긴다
딱 그만큼만이 내 것

종이를 구겨 반으로 접어 다시 반으로
예수의 미간에 절취선이 생길 때
나눠 준 사람과 멀어져 돌아보는 마음이 훔친 것 같을 때
도넛처럼 구멍 난 캔디가 휘파람을 돕고

(새로운 흐름)

좌판의 두릅은 앞뒤 분간도 없이
달라는 대로 떠나는 중
머리채를 잡으면 뿌리가 쥐고 있던 흙이
있었던 곳으로 돌아갈 구실을 찾는다

(처음부터 엉망이었다고 치자)

식당 의자에 걸쳐놓은 누군가의 외투 안감이
따뜻한 겉모습과 다를 때

계절 메뉴로 적힌 수제비가 먹고 싶은데
이제 더워서 안 해요

(쌀쌀맞게 쓸쓸하도록)

내가 아는 이야기를
모두가 다 알고 있을 것 같다고 생각하던 날
나는 나를 눌러 죽이고 다시 태어났다

접어둔 가방 속 전단지가 스스로 몸을 펼치며 벌어질 때
이런 게 믿음인가?
입안에는 아직 박하의 분위기

창밖엔 멀쩡한 걸음으로 들고 온 목발을
다시 어디선가 절뚝이며 나타난 이에게 건네고
지폐를 주고받은 뒤
그가 왔던 길을 다시 또박또박 걸어가는 장면
균형은 계속 만들어지고 있구나
세상의 부목은 여기저기 출렁이면서

부러진 일순간을 잡아주면서

(감동은 질 나쁜 결말)

문밖엔 모두 자일리톨 캔디를 입에 물고
반으로 접은 기도
종이비행기 날리며 노는 아이들

이야기의 괴로움

턱을 괴고 앉으면
날아가던 생각이 잠깐 돌아옵니다
게으른 인간에 대한 천사들의 품평이 끝나면
어김없이 비 내리고요

생각의 깃털을 낱낱이 핥았습니다
누가 울던 일을 숨겨주려고요 더는 이야기가 되지 말라고
애완용 새의 버드링처럼 온종일
매달려 있던 혼자였는데요

반듯하게 나눠 가진 이야기도 있었어요
홀로 문밖을 나가 돌아오지 않는 것입니다
접시 위 레몬케이크 조각
향초 클래스에서 만든 천사 형상의 석고 방향제
이야기를 닮았지만
이야기가 되지 않는 것처럼

약속을 어기자 우리가 되어버렸잖아요?
멀리 있어서 애틋하고 안심이 됩니다

이름 모를 사람들을 모두 선생님이라고 부르면서
나는 구부리지는 않습니다
멋쩍게 녹차를 내올 때 누군가
선생님! 하고 나를 부르면
차가 식을 때까지 끝나지 않을 이야기가 있어요

빈 강의실에 혼자가
어울리는 사람에게 매달아주고 싶은 내가
할 이야기가 더 남았다는 듯
선생님은 물끄러미 제게 묻습니다
당신은 혹시 누구의 이야기였던가요?

나의 이야기가 당신을 괴롭게 만들었으면 좋겠어요
그렇게 같이 있을 수 있다면

계단에 오르자 돌아오지 않던 이야기와 마주칩니다
목례는 어색하고 모르는 척할 순 없어서
신발 끈 묶으며 시간을 버는 동안
내가 이야기로 들끓는 회전문이었을 때

간추릴 수 없을 만큼 퍼져가는
풍만하고 비만인 천사가 도도새처럼 날아가요
턱을 괴고 한참을 서성거려도
도무지 돌아오지 않는 이야기가 있다는 게

선생님은 믿기시나요?
혼자 비를 맞고 계신가요?

독화살개구리

햇빛에 타 죽은 식물을 본다. 온실 정원에서 나는 비닐에 가려져 있다. 빛의 치명을 이해하는 데 너무 긴 시간 어둠을 해찰한 탓인지. 나는 눈부실 때마다 인화되는 흑백 사진 속에 등장한다.

벤치 옆에 자판기가 있다. 율무차를 뽑자 뜨거운 맹물만 찰랑거리고 있다. 동전은 없고 독극물 경고 문구가 적힌 가스통이 수레에 실려 가는 것을 본다. 방독면을 쓰다가 당황하여 유독가스 마시는 상상을 하기에 좋다.

햇빛이 모두에게 좋은 게 아니라면, 나의 찡그림은 어디에서 빛나고 있었을까. 가도 가도 끝이 없는 시원한 땅속을 걷는다. 콧잔등에 맺힌 땀을 닦으며 식물원 다음으로 갈 곳을 검색한다. 나를 움직이는 치명적인 것에 대해서도

한 시간마다 스프링클러가 열린다. 목 축이는 식물들 사이로 나는 몇 년 만에 찾아온 장대 그늘. 서 있음으로 구경하는 일로 햇빛이 모두에게 좋은 것이 아닐 수도 있다

는 사실을 알려주려고

종이컵에 담긴 맹물을 한 모금 마신다. 내게 머물러 있던 것들은 모두 식어갔다. 나는 빛이 입장하기에 좋은 암실. 갈 곳이 없어 오래 걷기로 했다. 맑은 물이 담긴 눈동자를 흘리지 않으려고, 찌푸린 얼굴로 땅속에 묶인 뿌리를 뒤척이면서.

사프란

너는 육교를 건너고 있어. 아주 조금의 지체가 필요했으니까. 엄마는 늘 차 조심하라고 육교로 건너라고 그런 이야기를 했지만 너는 높은 곳에만 올라서면 천사의 표적이 되지. 단란한 놀이공원의 사격 게임처럼 추락하면 가질 수도 있는 것을 알기라도 하듯. 엄마는 그런 건 몰라. 너무 완만하고 푹신하니까.

너는 구청에서 심은 사프란의 꽃말을 보고 있어. *지나간 행복* 이상한 말이라고 생각하면서. 귀에 꽂은 이어폰에서 팟캐스트 흘러나오고 세상 어딘가에 있을 법한 이야기는 너무 많아, 작은 실화가 어떻게 세상을 묶는지. 또 리본을 풀면 왜 다시 같아질 수 없는지. 아꼈던 것들이 어째서 지금은 남아 있지 않은지. 홀로 매듭을 외우다가

선물 같은 하루를 드려요 일일권장량 가득 채워진 약국 비타민 광고 지나며 아무도 받아주지 않았던 선물을 스스로 가져본 적 있던 너는 바게트 사이로 포개어져 축축한 루콜라처럼 아직까지 초록인데, 오늘 치 안간힘인데, 건물 사이 테이블 사이 사람 사이를 지나 시들어가고 끝없

이 걸어도 벗어날 수 없는 국어사전 속 하나의 단어가 한 번 불리는 데까지 걸리는 시간을 셈하고

서두르지 말라는 말이 용서처럼 들릴 때, 너는 처음 본 벤치에 앉아. 의자에게 이름을 주려고 했던 낙서를 깔고 앉아서는 집에 가는 상상을 하지. 집은 언제나 항상 멀어. 거리의 띄어쓰기마다 장미가 무더기로 피어 있고, 그건 꼭 사랑하는 사람의 이름을 한꺼번에 불러본 목록 같지. 맑은 얼굴로 탕진하려는 빗줄기 마침 쏟아지고 너는 버스를 기다리고 있어. 정류장에 모여 있는 모르는 사람들이 하나의 우산을 나눠 쓰고 있어.

햇빛 램프

어둠을 숙려하는 동안 빛은 외출했고
여긴 북반구 거실처럼 창백하게 지워지려고 할 때
주문한 햇빛 램프가 배송 중이다

물류 창고에서 출발해 트럭에 실려 주유소 지나 고속도로를 달리면
켜지지 않던 창문 너머엔
얼마간 기다리는 동안의 삶

"이 제품은 계절성 우울과 숙면에 도움이 되는 빛을 뿜습니다
빛 치료의 도구이나 의료 기기를 대체할 수 없습니다"

졸면서 본 〈대자연의 신비〉는 6부작으로 만들어졌다 깜빡 잠든 사이 문 앞에 도착한 110볼트의 햇빛 램프와 서른다섯번째 입동
변압기가 없어 빛을 낳을 수 없을 때
그동안 모아온 햇빛이 나를 간추린다

배송 트럭은 밤새 우리 집 앞을 떠나지 않고 새벽에서

야 시동을 걸었다
이 집이 마음에 들어 항상 어두우니까
졸음쉼터처럼 내내 갓길이니까

반사 기능이 지워진 거울 앞에서 면도기가 턱을 스치고
무성할 줄 알았던 상처가 조용하고

조금 더 환했다면 없을
조금 더 밝았다면 사라질

주문한 변압기를 싣고 다시 트럭이 올 때까지
반딧불을 먹는 귀뚜라미
대자연을 반복하는 소파 위 잠든 사람

여기에선 날씨가 이렇게 반복되기도 한다
그곳 창문에 도착한 손님은 아마도
빛을 재우느라 비옥한 삶을 모두 써버린
방전된 어둠의 실루엣

멀리서 전구 깨지는 소리가 들린다

이어서 보시겠습니까?

하엽 시간

너는 외우고 있던 창문을 모두 깨뜨린다
이 풍경을 점거하기 위해

망설임을 배웠던 돌을 가벼이 쥐고
뼈대만 남은 시간 속으로 들어간다
풍경이 떠나고 빈자리에 서본 일은
어둠의 발상이 된다
빛을 철거할 수도 있게 된다
너를 겪어내고 있는 상실의 단원 속

왔던 방향으로 돌아가면
잃어버린 길을 영원히 간직하게 된다
손전등 불빛 하나가 너를 놓치고 멀어질 때
망설임을 끝낸 돌들이 날아들기 시작한다

너는 벌컥 쏟아지고 싶어진다
강수량을 넘어서는 비의 굴절률로

파본

좋은 이야기를
꿈꾸게
만드는

나쁜 이야기를

우리는
다시 쓸 수도 있을까

2부
즐거운 난기류

고독지옥(孤獨地獄)

1

입장은 언제나 고독함
세탁기나 복사기 앞에서의 시간까지도

기다림은 그동안 잘 빚어온 것
인간은 불구의 마음을 받아 들고는
너무 일찍 자신의 간병인이 되는 일을

2

이 저수지는 무척 지루하고 볼 것 없는 풍경이지만 언젠가 있는 힘껏 던진 돌들이 모두 잠들어 있다

고독한 입장을 이해할 수 있음
사람이 사람에게로 돌아가는 일을 서두름

악몽은 비좁은 통로로서

이를테면 우산을 두고 내린 버스가 영원히 종점으로 돌아오지 않는
비가 그치자 지나온 길이 희미해지는 것

장대비는 금방 삶은 애저녁
사람은 가장 아름다운 반바지
호주머니 안쪽이 가장 늦게 마르는 비밀의 하수

3

입장은 계속 난처할 수밖에 없음

딱히 아픈 곳 없어 소화제나 처방받았던 환자가 몇 분 뒤 다시 찾아와 진료를 기다린다 의자가 지루해하는 엉덩이 알코올 솜이 마르는 시간보다 빨리 찾아온 통증은
기다림도 어쩔 수 없었다는 고독

이 구경거리는 잠든 돌을 깨우는 아름다운 양식

입장은 입장이 되어가는 순간에도
고독을 쉬어 갈 수 없음

삼각김밥 돌아가는 전자레인지 앞에서도 설익은 컵라
면을 후루룩 삼키는 편의점의 저녁 속에서도
고독은 글피에 다시 오기 위해 허기를 간직함

4

파쇄기가 파쇄기 속으로 들어가는 생각
다짐의 돌을 물 밖으로 꺼내 오는 생각
너무 많은 자격을 부여하는 생각

호주머니 속에는 젖은 돌멩이가

한 사람이 죽기 위해선 몇 명이나 필요해요?
구해달라고 고백하는 사랑은 이미 끝난 게 아닐까요?

어쩔 수 없음

고독은 입장을 표명함

그다지 슬프지 않은

들판이 몸살을 앓으면 불도 잘 붙지 않더군요. 방화범의 변명을 떠올리는 밤. 밤에 도착해서 아침에는 꿈쩍도 하지 않는 손님을 깨워 내보내기 전 나의 근사한 요리를 대접하는 것. 품위는 지켰지만 어딘가 일그러지는 얼굴을 헹구는 세수. 머나먼 길을 가는 사람일수록 대충 씻더군요. 손님이 내게 해주신 말씀. 굴뚝 속에서는 빛을 의심하는 직업을 갖는다. 한 사람을 낳은 이불을 마당에 털고 한 사람이 빠져나간 주름을 가늠한다. 다 빠져나가는 신비로움을 모르고 싶죠. 들이닥친 비에게 내줄 수 있는 방은 나의 폭풍우뿐. 더 크고 웅장하게 범람할 수 있도록 꺼내어 보여줄 수 있는 누추한 태풍의 눈이 있어. 휘몰아칠 적에도 볼 수 있는 것. 내가 한 번 더 사랑한 것들. 나를 한 번 더 죽이는 것들. 다시 손님을 기다리는 밤, 다정한 환영 인사를 고르다가 들판에 불이 붙는 것을 본다. 점점 밝아오는 어둠의 줄행랑을 본다. 뒤척임도 깊어진다. 아마도 나는 그렇게 찾아온 첫 손님이었지.

겟세마네

침착하게 한 번 달콤한 눈물을 흘리고 보니
그것은 상쾌한 우울이었다.
—가지이 모토지로, 「레몬」

……악몽도 비탈을 넘지 못하는 삶이었습니다

삶을 괴롭히는 일이 즐거운
악몽의 재료로써 나는
어딘가에 먹음직스럽게 매달려 있겠군요

나에게는 이야기가 익어갑니다
떨어지면 수북하게 쌓여서
나의 소조를 엉성하게 그리는

방에는 밤새도록 빛나는 어항도 있군요
어린 고양이와 내가 앞다퉈 칭얼거리는 방입니다
주워 갈 게 없어 그만 돌아가는 신이 허탕 친 자리이기
도 합니다

우리는 서로를 지켜주기 위해 큰 소리로 울어야만 했지요

벽이 녹아 흘러내리고
바닥이 터지도록
서로가 서로를 내버려두지 않는 일을 해야 합니다

먹먹한 눈동자에 인공 눈물을 넣고
책등을 비집고 들어가 문장을 기웃거립니다
이것밖에 안 되는 나의 삶을
보관도 수송도 안 되는 짐을
열여덟번째 생일 케이크처럼
반듯하게 가르고 싶어졌을 때 꾸게 된 꿈

내 안엔 언젠가 켜진 채로 파동을 증폭시키는
마이크 에코
고꾸라지는 추추한 웃음소리
안도하기 좋은 절망이라는 인테리어

비밀은 넓어질수록 편안해지는 법이지요

망가지는 일에도 완성은 필요하지요

이 벼랑의 끝은 추락이 아니라 반복을 꺼뜨리는 맥락이어야만 합니다
슬픔이 두고 간 으름장을 좀 보세요
언젠가 우리가 했던 말의 이빨 자국을

가만히 눈꺼풀이 씹고 있는 충혈된 혀를
어디에 둘지 이제는 알게 되었습니다
이 언덕의 풍요는 고를 게 많아 슬픈 손가락
상처를 배우기 위해 열연하는 유머
빗나간 것들이 그리는 과녁의 새로움이랄까요

나가야겠다는 생각을 멈출 수 없습니다
들어온 기억이 사라진 주소에 꿈으로 득실거리는 일

악몽에 떨어져서도 행운을 달라고 말해볼까요
그런 건 없다는 대답을 듣게 된다면
거긴 정말 좋은 곳일지도 모릅니다

창밖 사람들이 꺼내 펼쳐 든 우산 속에서
장마는 서서히 희미해져가는군요
무릎은 내 절망의 접속사처럼 나를 딛게 만들고

우리는 모두 빈방에서 일어나
물을 퍼 올렸습니다
할 일이 있다는 건 기쁜 일이군요
마르는 일을 하지 않을 것입니다

들불 차기

1

중학생처럼 말하고 싶다
맨발로 전신 거울 위를 서성이는 기분으로
그러다
발자국으로 자욱한 얼룩을 닦아야 할지
쭈그리고 앉아 빗금을 만져야 할지
걸음을 흘려봐야 알 수 있겠지만

창문 밖 겨우살이의 뒤엉킴 속에
나 누울 곳 있다면
이 언덕을 다 세어보고도 남아 있는
벼랑 있다면

한달음에 으르렁거리는 천진한 햇빛에게 꼬리를 주고
웅크림을 연기할 텐데
그제야 거울 속을 기웃거리는
나에게 할 말 있으면 해보라고 따질 텐데

중학생처럼 말하기는 불가능
토마토처럼 뒤집히기 혹은 버섯처럼 장수하기
선분을 흔드는 펑킹가위가 되는 것은?
뒤숭숭한 심장 구슬 던지기

2

어떤 사람은
삶 전부를 바쳐 자신에게 그려진 웅덩이를 게워낸다
그 불거져오는 얼룩에 뒤덮이지 않으려고
옥수수수프 위 후추나 헐떡이는 광어 대가리를 뒤집어 쓴 천사채처럼
할 일을 다 하고도
주사위 굴릴 순서가 오지 않는
인생의 불경기를 살기도 한다

한 사람이 삶을 다 바쳐 모아둔 혼잣말이
스포이트에 맺힌

단 한 방울의 독극물이 될 수 있다면
친구가 될 수도 있었을 텐데

갈증 없는 눈물
자 이제 한번 흘려보시게
권유받는 슬픔 속에서 친구의 비밀을
덜컥 고백해버릴 텐데
그 웅덩이에 걸음을 빠뜨릴 텐데

3

사구를 헤엄쳐 오르는 나의 웅덩이를 위해서
나는 허락하지 않는 연습을 한다

중학생처럼 말하기 혹은 듣기

아무도 집어 가지 않는 대걸레의 순서도 있어
창문 연 교실 부풀어 오르는 커튼 뒤에서

수돗가에서 분수 만드는 모습을 보고
운이 좋으면 무지개를 흔들었지

구름 한 점 없이 화창한 날
마른 운동장에 생긴 물웅덩이
거기에서 시작된 것 같다 눈물 아끼기
갈증에 중독되기 말줄임표 사귀기

서로의 어깨동무를 떠나오면서야
이야기가 시작된다는 게 좋아
웅덩이를 자맥질하는 희고 둥근 어깨뼈들
언덕에 누워 몸을 말린다

서로를 끌어안은 들불이 오고 있다

지금 들꽃을 보자
있는 힘껏

물길 빈티지

사람들은 내게 하류 관리를 맡기고 흘러갔다
떠내려오던 것들이 전부
내가 타지 않은 종이배였을 때

아…… 나는 물길로 태어난 것이었구나
이미 말라버린 뒤의 깨달음

너울성 파도와 해일과 급류와 태풍과 물보라 속에서도
서로 헤어진 적 없는 물의 우정
안개를 나눠 가진 사람들과의 약속이 있어
나는 이 길을 지우지 않는 기다림

넘어졌던 비탈길을 그러모아
돌아갈 길을 새로이 빚는다
떠나기 전엔 왜 스스로를 붙잡는 기행을 하는지
젖은 수건이나 물기 맺힌 접시의 반짝임을 간직하기 위해
수도꼭지를 조금 열어둔다
고요가 너무 추워서는 안 되니까

한꺼번에 오지 않는 일로
그들이 나의 슬픔을 아껴주었다

물 한 잔 허겁지겁 들이켜게 되면
마른 식도로 흐르는 것을 느낄 때
내가 나를 살려주는 기분을 잊지 않아야겠다고

눈물의 실천이 되는 사람
맺힌 방울을 애지중지 기르는 사람
얼룩을 일으키는 사람
물의 직업을 베끼며 떠내려온 죽은 얼굴을
건져 올린다

나의 그물은 지켜진다
물녘의 약속들로

유리가미

사람들이 물레를 돌리며 연을 날리고 있다
내 기억의 뒤뜰에 모여서

하늘과 통신에 성공한 수화기처럼 기다란 실을 쥐고
바닥을 보지 않으며 걷는 잰걸음이 좋아
나는 실내에서 그들을 구경한다
깨끗한 습자지 한 장을 끌어안고

내 여백이 시끄러워진 기억

허허벌판 공중을 떠도는 것만은 아니다
연과 연이 뒤엉키기 전까지
다른 연의 목줄을 끊고 돌아와야 끝나는 놀이

연과 함께 날린 가미의 용도가 그렇다
사기그릇 조각이나 유리를 매달고
어떤 쪽이든 끊어지기를 기다리면서
빛에 굴절되어 반짝이거나
천방지축 아릿하게

나의 뒤뜰에 모여 있는
이곳의 등장인물이 마음에 든다

사람들을 뒤뜰에 남겨두려고
깨진 것 중 가장 날카로운 유리가미를 고른다
끊어진 연을 주우러 또 올 수 있게

방패연 나비연 가오리연 반달연 삼동치마연…… 그 사이로
나의 연이 창백하게 펄럭인다
주름을 당기며
기다린 시간만큼 실은 물레에 감겨 있어

바람을 기다린다
중심을 갖지 않으려고

끊어질 각오로 다시 태어나는 기분은 어때?

뒤뜰에는 터진 고무공 하나
물이 고인 나무 벤치

손을 떠난 연은 이제 나를 잊어버린다
지루해진 사람들이 하나둘 떠나간다
각자 날카로운 가미를 쥐고서

뒤뜰 울타리 문 닫히고
여기는 아직 깨지지 않은 항아리

내 유리가미가 허공을 그은 자리마다
비 웅덩이

상처 아닌 별
없는 밤
내 오랜 파수(把守)의 역사가 밝아온다

대공황

우리는 난기류에서 만나 끄덕여온 모든 시간을 철회하고 바닥을 나눠 가지게 되니까 좋아 납작할수록 유리한 진영을 숨기고 울퉁불퉁한 진실을 끌어안기 외면에게 외면을 선물하기 두 배의 이끌림 곱절의 흔들림 속에서 헝클어진 머리가 꿨던 꿈을 복기해봐 헷갈릴수록 선명해지는 기분을 이해하게 돼 절박하게 서로가 되어볼 수 있을지 이름을 바꿔 불러도 돌아설 수 있을지 모르지만 벗어날수록 돌아가는 것 같아 이탈이 불가피한 겨를이 된 것까지도 난기류는 어쩜 이리도 아름답게 줄곧 사랑스럽게 난청을 속삭이는지 혼선은 줄넘기에 맞은 종아리처럼 깨어나고 비행은 추락을 연장하는 사랑의 방식 가눌 수 없이 지친 서로의 균형이 되어가는 것 어쩜 좋아 난기류는 몸 안의 흐느낌을 모두 새어 나오게 해 누워서 천장을 그리는 아이의 종이비행기에 일그러질 수 있는 것은 오직 하나 환청의 재료로써 이름을 불러주는 일로 사랑을 끝내고 즐거운 난기류 멈추지 마 난기류 행복한 난기류

사랑의 천재

사랑의 천재는 태어나 딱 한 번 실수를 했다 진심 어린 사과를 받아주지 않았고

그에게 수모를 안겨주며

나는 부활했지

그는 고향으로 돌아갔다 사랑의 천재인 줄 모르고 낳아 기르던 부모의 곁으로, 없었던 일로 만들기 위해 그는 정말이지 열심히 살아야 하겠지

그에게 묻고 싶은 것이 있었는데

대답해줄 사랑의 천재는 사라진 후였고 어쩌면 거긴 먼 곳이 아니라 너무 가까운 곳 같아서

내 사랑에 비켜선 채로 변명이 듣고 싶었다 이제부턴 변명의 천재로 살게 해줄 테니

사랑은 절대 흩가분할 수 없단다

지금 그의 안락함은 불침번이 잠깐 잠든 틈과 다르지 않지 꿈의 재료로 비밀을 포대로 나르다가 진실에 자꾸 쏟게 될 설탕을 흘리다가 그는 잠깐 거짓말을 구하기 위

해 잠들었을 것이다

사랑에 걸신 걸린 것들이 사랑의 천재가 된다

실패를 의외로 빠르게 끄덕이고는 바라보는 사람을 커다란 과녁으로 두는 것이다 나에게 쏟아진 화살과 뽑아낸 자리의 구멍

사랑의 천재는 이미 잊었겠지

기억력이 나쁜 천재를 믿을 수 없었지만

그땐 나도 천재가 될 수 있을 것만 같았다 잡화점 단골이 되어 선물을 고르고 엽서에 태어나 처음 고백을 적고 한 자루의 총을 건네며 총알은 다음에 줄게

기대하게 만드는 선물을 건네며 거의 다 알게 된 비밀처럼 내 소개를 하고 싶었지

나의 고향에서도 슬픔을 환영하곤 했다 다 꿈에서 본 것들이었지만 사랑을 하고 있는 자신을 사랑하며 사는 이들의 무대

천재가 아니었던 적 없는 사람들만 사는 곳의 주소를

잊기 위해

　나는 그에게 명중되기를 바란 적 있지

　사랑의 천재를 다시 사랑하지 않을 것이다

　내 부활도 점점 사랑으로 희박해지겠지

　총알을 소포로 부치며 얄궂게 웃어보자 빗맞기를 바라는 것도 사랑의 일환이라면

　나, 사랑의 천재를 사랑한 적 있지

블랙아웃

함께 치워야 할 빛을 생각하다가

우리는 눈부심을
까마득하게 잊기도 했다

3부
아무도 없는 우리

아무도 없는 우리

고교 시절 우울은 남색 대문을 열고 나간 뒤
구제 불능 아이가 되어 돌아왔지

깨진 뒤통수를 어루만지며 말해주었어
너는 좋은 본보기가 될 거야

다시 태어났으니 자세를 고쳐 앉아봐
살아 있어서 사과나무를 쉽게 망치고, 첫눈에 대한 기억력이 점점 나빠지는
저 사람들을 좀 보렴

흐릿할수록 비범해지는
밤안개의 지팡이 같지 않니

하나의 빗방울을 쪼개 열두 가지 슬픔을 만들고
나눠 가지면 우리는 날씨가 될 수 있단다

아이는 왕골 모자를 푹 눌러쓰고 옥수수밭을 걷곤 했지
초여름 세이코 카세트 플레이어 녹음 버튼을 꾹 누르고

바람 속에 흘려보내는 허밍을
언젠가의 노래처럼
언젠가의 합창처럼

다만 지금 우리에겐 하늘이 없고, 하늘에 부친 날씨도 오지 않는단다
땅의 구실이 넓어져갈 때
환멸을 배워보겠니? 가장 아름답게 솟구치니까
그게 바로 지금이라면
여름까지 웃어보세요

꿈이 오지 않는 베개를 베고 아이에겐 팔베개를 내주었지 너와 나는 가야 할 길이 다르니까

꿈에선 아이가 나를 업고 말없이 걸었는데
머쓱해진 나는 눈에 보이는 풍경을 아름답게 읽어주었지만 횡설수설이었고

이제는 볼 수 있을 거예요

우리가 살아내고 있는 단 한 사람을

뒤돌아본 여름은 창백한 얼굴을 하고서
더 멀리 가라고 손짓하고 있었는데

깨어나 보니 아이는 없었지
녹슨 대문이 언제나 들키는 비밀을 알아
떠나고 나서야 시끄러워지는 게 있으니까

여름이면 떠올리는 것들
우리가 없어도 계속 재생되는 것들

아무도 없는 우리

우리는 언제나 위독한 풍경 속에서 반짝이고

지상에 내려앉은 멧비둘기가
바닥을 겪고 더 높이 날게 되었다는 이야기가 있어

불행이 효능을 지켜냈거나
돌아갈 발자국이 모자라 이곳에 남겨진
우리의 입장과 다르지 않다

홀로 시소에 앉아 있는 아이는
솟구쳐 오르는 자신을 마주 보기 위해
아직 우리가 되어본 적도 없이
약속 시간을 어기기도 한다

서로를 지내다가 떠날 무렵이 된다면

끝났으면 하는 마음이
어떻게 살아남는지를 구경하는 소실점 되어
우리는 매듭의 자리로 돌아가야지

서로를 가로지르는 뒤엉킴을 끄덕이기 위해

한 쌍의 그네가 동시에 흔들린다
닿지 않은 거리에서 엇갈림을 환호하다가
아무도 오지 않는 기억을 나눠 갖고

아이의 흰 마스크 안에는
우리? 반문하는 얼굴이 가득 젖어 있다
너를 오랫동안 기다려온 네가
멧비둘기를 멀리 날려 보낼 때
비어 있는 어깨동무

용서하기 위해 아침은 와 있는데
이 저녁을 어떻게 닫아야 하는지 모르고

떠날 채비 대신 눈 비비던 우리는
아무도 없는 우리를 다녀가기만 했다

겨울의 연인에겐 간단한 언어가 있다*

빈 괄호가 아닌
우리는 겨울에 대해 말하려고 준비 중이었어요
침묵은 빈손이면서 언제나 즐거워 폭설입니다
흰 광목천을 두른 울창한 숲속에서
우리는 빛이 다 청산하지 못한 어둠
아마도 밤새 태우지 못해 젖은 장작들
다시 태어나는 꿈을 반으로 접고
적설량을 잃어버리는 것이에요
실컷 서로에게 쏟아지다가
기꺼이 무너져버리다가
더는 우리가 등장하지 않는 영화를 보고 있어요
나른하고 편안한 갈등 속에서
다친 적 없이 아프기만 했으니
우리는 서로의 줄거리를 간호해야만 했지요
더는 간략해지지 않도록
머물던 대피소엔 외풍이 심했는데
열려 있는 곳 하나 없습니다
여기는 어떤 뒷면의 안간힘인가요
인적 드문 풍경이 되어가기 좋은 날이에요

겨울 화가가 난로 옆에서 잠깐 졸다가
그려 넣지 않은 아궁이 불이 있었는데
우리는 벼랑에서 서로의 어딜 붙잡을지 생각하다
종일 매달려 있었는데
침묵이 간지러운 숨바꼭질 중이었는데
빈 괄호 안에 누워 눈을 맞다가 동시에 빠져나올 때
자국과 실존을 동시에 떠올릴 때
잠든 채로 서로를 잃어버릴 때
꿈에서나 만나야 하는 사이가 되어버렸을 때
겨울에 대한 정의를 내릴 수 있을 때까지
우리는 서로 괄호를 채우지 않습니다
그것이 겨울의 언어입니다

* 베이다오, 「겨우 한 순간」, 『한밤의 가수』, 배도임 옮김, 문학과지성사, 2005, p. 108.

견본 생활

책 속에는 슬픈 일이 일어날 때마다 공원과 해변과 숲을 찾아가는 네가 나오지. 나는 이미지를 통해 짐작하는 장소였는데 너는 악몽이 물어다 놓은 난장 위를 기어서라도 가는 곳이었지. 나도 모르게 어느새 네 옆을 걷게 되는 주소이기도 했었는데

네 대답은 겨우 돌멩이면서 제자리에 있어도 다시는 찾아갈 수 없는 무더기라서 잘근잘근 씹어놓은 빨대나 아이스크림 막대처럼 혼자 조용히 끝내려고 하다가

그때 집에 무사히 돌아왔다는 이유만으로 서로를 축하했었지. 헐렁한 가랜드와 해사한 미소와 녹아가는 케이크 촛농 사이에서 정지 비행에 중독된 벌새처럼 날아도 날지 않는 기분으로

너는 마시던 물을 화분에 따라주면서 살려주는 고통을 처음 경험하게 되었지. 모르는 번호로 전화가 걸려 올 때마다 내리치던 얼굴이 있었는데 우리는 겨우 그 얼굴을 하고서 살아가는 줄도 모르고

잠겨 있는 뒷모습을 열지 않는 것이 우리의 방식이었지. 서로를 알아보지 못하고 지나친다 해도 어쩌면 우리는 둘레의 파다함 속에서 임시 보호 중이던 이름이었거나

슬픔의 유복한 막내처럼

그런 일도 열어져서 나는 책을 덮고도 공원과 해변과 숲을 갈 수도 있었지. 너는 그곳에 홀로 남아 함부로 돌을 차고 이따금 목말라하고 햇빛 쬐기를 좋아하는 사람이 되었다는 것을

내 젖은 그늘이 건축되어가는 곳에서 이따금 생각해. 살갗이 다 데도록 서로에게 놓아주었던 파이프라인처럼. 우리가 서로를 건널 수 있던 유일한 길, 그 안으로 포옹을 멈추게 했던 붉은 녹을 끝까지 지켜보자고. 적록색약의 눈동자를 깜빡이며. 푸르게, 푸르게.

체크인

디카페인, 논알코올, 제로슈거
우리가 호텔 로비에서 주문한 것들

모자란 것이 필요하다
그런 건강을 알고 싶지 않았지만

빈방을 나섰다가 빈방으로 되돌아오는 일이
너무 오래 걸린 것이다
내려갈수록 파다해지는 수챗구멍 속에서
서로의 얼굴을 보게 되는 현기증

복사기와 공유기와 캐비닛 넘어
삶은 그런 줄거리로 파쇄될 것이고
산산조각 난 어제를 겨우 나눠 가지면서
서로의 깨진 자국을 맞대어보는 다정함으로
낫는 것을 잊어버린 일

우는 얼굴이 원본이었으니까
우리는 젖은 이름을 깨우는 노크에도 금세

빗장을 열 수밖에 없고
호텔에서 좋은 방은 비어 있는 방
좋은 손님은 커튼을 한 번도 젖히지 않는 사람
잠만 자는 사람

디카페인, 논알코올, 제로슈거
텅 빈 눈동자로 들여다본 우리의 객실은
마치 누가 올 것처럼 희고 깨끗하다

겨울 밀화

수감자들에게 처음 눈싸움을 허락한 것은 이례적인 폭설이 지나고 이틀 뒤였다 눈 치우는 사역을 이토록 다정한 방식으로 알려줄 수 있을까

눈사람들은 모두 눈 코 입 하나 없이 표정도 없이 앞뒤 분간도 없이 기분이나 마음도 없이 산발적으로 태어났다

베개는 차가운 것이 좋다고 한다 깊은 잠에 발이 빠져본 사람만이 헤맬 수 있는 꿈의 풍경은 창백했다 풍경을 기워 꿰매는 저 발자국을 따라가볼 거라고

멈추게 하려는 마음에 사로잡혀 영원히 움직이게 된 모빌도 있다

이번 겨울잠엔 선회병에 걸린 양들이 반시계 방향으로 돌고 있다 죽은 양을 둘러싸고 수호하듯 경건히 규칙적인 애도를 미쳐버렸다고 생각한 적 있었지만

맴돌았던 걸음만이 도착할 수 있겠지

설산엔 올라간 발자국만 찍혀 있는 일방통행이다 누구도 내려온 적 없어서 사라짐과 떠나감을 혼비백산으로 만드는 희고 눈부신 능선 위로 야마하 헬리콥터 하나 큰부리까마귀 한 마리……

마주치지 않으려고 최선을 다했던 삶이 있었다 멈추게 할 수 없고 이 장황한 오목판화를 반복할 수 없었으니까 흐린 창문을 닦던 안경잡이는 자신이 여태껏 눈사람에게 단 한 번도 이름을 지어준 적 없었다는 겨울의 불화설을 살았다 미간이나 인중 혹은 보조개로 파여 있는 잠든 이의 얼굴 몰래 베끼며

땀에 흠뻑 젖은 등허리를 일으키며 깨어나는 사람은 된다 눈사람의 순서에서 낙오된 허수아비 떼처럼 바닥도 놓아준 사람들의 배웅 없는 이야기로 안녕 뒤에 물음표나 느낌표가 어울리지 않는 이야기로

잠들기 전 셌던 양을 또 센 것 같다며 처음부터 돌아가

는 기도가 있다 올해 첫눈이 쇄도하는 줄도 모르고 잠을
뒤척인다 사다리 없는 이층 침대 위에서

오토리버스

이제 모두 집으로 돌아가자
여기는 이미 다 읽어본 슬픔뿐이니까

우리는 눈물을 감싸고 있던 껍질처럼
바스라지면서 만나게 될 거야
텅 비어 있더라도 놀라지마
세계는 약속의 묘지였거든

제철 과일 실은 푸른 트럭이 오고
길 잃은 전조등과 후미진 형광등 오고
헤어진 사람의 얼굴을 베낀 눈이 내리고
심부름 간 아이가 등 굽어 오고
찢어버린 책들이 펄럭이며 내려앉고

이웃들은 이제 모두 손을 흔드네
헤어지는 일에 솔선수범하게 되었지
환송되는 기도들이 닿지 못했던 곳에
용서가 있을 거야
아무도 찾아올 수 없는 이름의

험준한 소포

집에 돌아가 불을 켜고 창문을 열자
슬픔을 개막하기
심장 구슬을 윤이 나게 닦기

이야기가
다른 이야기로 번져나가는
불길 속에서
따뜻함 찾기

태어나는 것을 꾹 참고
슬픔이 차려준 수프에 빠진 바늘
입체 과일
갓 구운 빵만큼의 입김을

돌아오느라 수고한
우리들의 발을 씻어다가
햇빛에 바짝 굽자

오고 있는 것들이

세상을 시작하지 못하도록

여름 테제

생각이라는 잠수 시합 중
심장 구슬을 부딪쳐서 우리 안의 늦잠 자는 여름을
마저 깨울 수도 있을까

눈동자 속에는 비 소식보다 먼저 와 있는 우산이
너무 많이 우거져 있고

여름을 불거져오게 하려고
어떤 미움은 끝내지 않기도 했다

망아와 유과

창문에 김이 잔뜩 서려 있는 식당에 들어가자 분명 안쪽은 따뜻할 거야
장황한 사랑을 시작할 수도 있게

창문에 덜미 잡힌 손자국들을 함께 보자 유리가 어떻게 침묵하고 있었는지
기다리다 졸린 얼굴로 꾸벅꾸벅 넘치려 할 때 나는 언젠가 옥상에 올라가 너희들처럼
하품을 실컷 해본 적 있었지

구름 한 모금 베어 물 수 없는 높이였는데 다 알면서도 우러러볼 수 있다는 게 있어서
바닥의 천성이란 어떤 솟아남에서 깨어났는지
그날의 호주머니는 또 얼마나 깊었는지

배웅도 없이 잠든 너희들은 여전히 우산을 잘 잃어버리고 있는지
이제는 편지하지 않는 삶을 살아가렴
쏟아진 말들을 대신해 대답할 순서가 되는

기워 쓴 이름이 소실점으로 사라질 때까지 지켜보는 눈빛을 우표 대신 부치며

여름에는 고양이 물그릇을 내놓은 가게에 갔지
갈증을 이해하는 주인이 있을 테니까
너희가 모두 잠든 식탁이었는데 아무도 없다고 대답한 적 있었지 장막 뒤에 숨긴 것이 뭔지는
나도 모르겠어

한여름에도 입김을 꿈꾸는 혼잣말이나 겨울에도 끝나지 않는 목마름을
이제는 말할 수도 있어야만 해서

벗어놓은 셔츠 주머니 속 작은 명찰 하나
지워지지 않는 이름을 영영 잃어버리는 건
어떤 기분일까

너희들이 도착한 빈 봉투는 얼마나 새하얗고 얇은지
햇빛에 베인 너희들의 입구

노크는 모두 창백해서 어울리는 손잡이

Glitter

반짝이며 내려온 것들이
다시 어떻게 올라가는지 보려고

아침엔 가장 먼저 눈을 비볐다
누군가가 매일 기회를 주는 것이라고 생각했고
최선을 다해 의심했다
새벽은 허깨비에 불이 켜지는 시간
눈부심을 이기지 못해
어두운 이야기를 자꾸 데려오는 우정에 대해서

생활고에 아이를 솎아내려고 목을 졸라 죽였다는 일본의 마비키 풍습을 전해 들은 적 있다
만질 수 없는 아름다운 것의 목록을 적다가
인간의 악필로 실수를 범하게 된 이야기가
자정 무렵 입에서 입으로 밀입국한다

강물의 출렁임을 털어주기 위해
햇빛이 부서져 내린다
낚싯대 팽팽해지는 내려오는 힘과

올라가는 힘이 부딪칠 때 안간힘을 배웠고
땅에 묻힌 슬픔을 가져가기 위해
간밤의 비가 이토록 쏟아지는 중이니까

의심을 철회하던 날이면 그럭저럭이라는 말을 들었다
모든 게 다 괜찮아지는 기분이었다
코트에 묻은 눈송이의 기분을 알 것 같았다
정말 알게 될까 봐
글썽거리려 할 땐 눈을 감아서는 안 된다는 것도

얼어붙는 포옹들

너는 겨울에도 콩국수를 찾는다. 안과 밖을 동시에 견디다 맺힌 창문의 물방울을 검지로 터뜨리며 듣는다. 목말라. 텅 빈 자리끼를 들고 부엌에 서서 어느덧 나란히 앉아 콩국수 먹는 상상을 한다. 시원해지지만 움츠러드는 상상을 가만히 놔둘 수 없을 때 겨울은 한 겹 깊어지고, 우리는 복잡한 껍질을 두르게 된다. 흘러내린 촛농 그대로 굳은 양초를 쥐고서 계단 앞을 굽어 걷는 어둠 속에서도, 우리는 가난한 적 없었지만 허전한 것은 용서할 수 없었기 때문에 가슴에 자꾸 뜨거운 것을 밀어 넣다가 잠들었다. 꿈에서 다시 식어가는 미열. 목마르다니까 물은 어쨌어? 상상을 멈추게 하는 목소리는 잠에서 막 깨어난 목소리. 나는 그것이 듣고 싶었다. 금방 식어버린 주전자 속 보리차. 비는 누가 놓친 갈증일까. 밤새 내려앉은 눈송이를 깨뜨리려는 비. 그러다 얼어붙는 포옹들을. 방에 있던 너는 창밖을 갈망하고, 나는 부엌에서 찬 바닥 위로 발을 동동 구르며 걱정한다. 오늘따라 문턱은 더 높아져가고, 상상했던 식당에서 우리는 빈 그릇만 남겨두고 어디론가 사라진다. 같은 겨울을 두르게 된 것을 끄덕이게 되는 것이 우리라면, 목마른 너에게로 가는 길이 여전히 좁고 길다.

먹은 것 없이 얹히기만 하는 문턱까지 나는 흘러넘치지
않으려고 조용히 이 겨울을 깎는다.

님만해민

어디에서 흘러왔는지 모를 땐
머물러 하염없이 고여 있어야 한다
웅덩이는 깊이를 비추기도 하기에
마르지 않는 반바지를 입고 지켜봐야 한다
주머니 가장 안쪽이 늦게 마르는 것을
기억력으로 물장구치면서
내가 되어가는 헤엄을
조난 구호가 되어가는 우리의 뒷모습을
서로의 이름이 헛돌아갈 때
아무것도 열 수 없는 벨보이는
자신이 죽었던 바다로 떠나게 되었다
매일 작별하며 출발했는데도
아무 데도 도착하지 않는 우리를 배웅 삼아
손님 하나 없이 불이 켜져 있는 식당
어둠이 차지하지 않도록
모든 열쇠를 감추는 락다운
이곳엔 떠도는 미신이 하나 있어
도마뱀 우는 날엔 외출하면 안 된대
그렇다면 나는 이 불길함을 돕고 싶어

나의 징조를 내가 끝내고 싶어

갈증 날 때마다 바다와 점점 멀어진 땅

내가 그리고 네가 지우는 지도

방명록엔 우리의 끝말잇기

의자가 앉고 싶은 의자 되어가기

땅속에서 발이 걸려 넘어지는 땅과

일으켜 세우기 위해 뻗는 공중의 손

만나지 않는 동안 말라버린 팟타이와

타오라이캅(เท่าไหร่ครับ)? 따뜻한 거스름돈

여기는 님만해민 바다는 없지만

사방에 푸른 나무들로 가득한 북쪽 내륙

아무도 여름에 대해 떠들지 않는 곳

다가오면 물러서는 곳

등 푸른 밑줄들에게

땀방울에 적신 투명한 잉크로

다시 시작하고 싶은 무제의 여름날을

우리의 등줄기에 가만히 받아적는다

사랑이 보이지 않는 시대의 연인들*

어제 들은 작별 인사로 오늘의 자명종 끄기
헤어져야만 살 수 있는 것들이
자꾸 들러붙었으므로

거리는 무뢰배들의 천지
희박한 불씨를 얼굴에 묻고 우중충한 곳을 쏘다닌다
있었던 일을 밝히기 위해서라는데
행방불명되고 싶었다는데

있을 수 없는 일만 겪어온 신비로움의 갈취 속에서 우린 눈빛을 가장 먼저 잃게 되었다
그것은 일단 초보적인 불행이었으므로
누군가에게 횡설수설이었겠고

걸을 때마다 길이 사라지는 기분을 알겠다고
눈부심을 이해하게 되었다고

여긴 원하는 것을 말하면
줄 수 없는 것이 가장 먼저 태어나는 심지

타올랐던 기억으로 겨우 따뜻함을 떠올렸지만
가진 주머니로도 데울 수 없어
이 혹한은 어떤 기미도 내주지 않는다

새 불꽃 새 심연 새 얼굴 새 마음 그리고 새 사람…… 사랑 앞에서 다짐하는 것들의 목록
어쩌면 불행을 떠드는 재주만 늘어가는데

살기 위해 건강한 것부터 죽여야 한다는데
끝내 남겨지는 게 우릴 설명하게 될까 봐
아픈 얼굴이 맨 처음 인사를 하고

어제 구름의 비약에 속았던 기억을 꺼낸다
꼭 될 것 같은 기분을 주었으니까
속삭여야만 사랑이 완성될 수 있겠다고

대공황 속에서도 사랑을 말하려고 한다
이제는 연습 없이 서로 다친 부분을 끌어안고
더 크게 아프게 될 날을 기다리며

(아무에게도 들리지 않는 눈물 소리)
(눈물 소리 왜 아무나 들을 수 없나)

눈먼 연인들이 말린 꽃을 들고 간다 영화가 끝나지 않는 극장으로 들어간다
그 입장에 어울릴 만한 결말이 없어

걸어온 통증이 내미는 주소에는
바글거리는 어둠이 산다
이 거리의 환희가 되어줄 가로등

속절없이 사랑만 떠드는 긴 이야기였나

사람들 손마다 묶여 있는 실을 본다
흔들리게 되면 마음껏 흔들려
알아차릴 수 있도록 모두가 출렁이도록

끊어지면 뒤돌아볼 수 있게

끝낼 수 있는 것을 만날 수 있게

* 나카모리 아키나의 노래 「DESIRE」(1986) 가사에서 빌려 옴.

커다란 얼굴로부터

우리는 얼굴이 너무 커서
표정으로 움켜쥐고 있던 미소 하나를 들킨 순간부터

눈과 코와 입을 닫으며
방독면으로 입장하게 되었다
없던 일처럼 숨 쉬는 날에 이름만 점점 가벼워져서는

큰 얼굴들을 모두 불러보기로 하였다 법원에 도착하지 않은 이름 짝사랑의 선수였던 만화책 주인공 이름 어느 영화의 희미한 조연의 이름 별명만 떠오르는 이름 이름을 다시 뒤섞는 이름……

이렇게 아름다운 분수를 본 적 있었니?

우리는 얼굴만 가까웠던 사이
뺨과 뺨 사이에 맺힌 땀은 함께 흘린 공동 눈물
얼굴이 너무 커서 이런 일도 있구나
슬픔은 써봐야 할 모자가 많이 걸려 있다는 것이구나
보기가 좋아 눈에 띄어 잘 들키고

창피한 일도 많아 꿈이 낙서처럼 번지면
삶은 이따금 건강해지기도 했다

우리의 얼굴이 지나치게 커서
머리 좀 치우라고 앞이 잘 보이지 않는다고
뒷모습을 잠그고는
세상을 다 숨겨주었다고 믿는 듯이

무거워서 쏟아지는 얼굴을 서로에게 파묻고
지나친 정거장은 모두 잊기로 한다
잊다 만 기억이 가장 지독하니
봄맞이 단장한 화단의 혈색을 구경하면서
시의 마침표를 깨뜨리면서 최대한 정중하게 망가지는 것
그것이 우리 큰 얼굴의 비결

쏟아지려던 것을 힘껏 쥐는 미간의 찡그림으로 조소 가득한 하늘 아래 우리는 보조개처럼 쭈그리고 앉아 다 세어보지 못한 개미 떼를 본다 아스팔트 위로 떨어뜨린 빵빠레 아이스크림으로 향할 때 점선을 지켜보며 여기가 속

눈썹이라 여길 때

누군가 슬픔을 슬며시 주고 갔다면
그건 얼굴을 헹굴 수 있는 행운을 갖는 일이라고 생각하기
그치지 않고 개운하게 맑아지기

해맑게 지워진 얼굴을 향해
외우고 있던 눈 코 입을 어렴풋 다시 말하기까지

이름을 모르지만 얼굴은 생각나는 사이가 되어
붉어지는 일로 뺨의 면적을
처음 만지고는 했다

우연과 재회

오지 않는 나를 기다린다

텅 빈 해골을 흔들면
마구마구 뒤척이는 꿈

나를 잠깐 잃어버리고 싶어서
서성였는지도 몰라

부상당한 영혼을 입고
가장 먼저 자신의 보호자가 되었기에

읽을 수 없는
입김
오지 않는 나에게

너는 이름이 없어서 안색이 좋아 보인다

돌아보는 내가 중얼거린다

하록수림

네 편지에 적혀 있던 (숲이 비어 있다)는 말을 오랫동안 생각하는 일 [1]숲을 거닐고 있는 사람이 아무도 없다는 뜻 [2]나무나 꽃이 더는 자라지 못할 황폐한 곳에 있다는 너의 은유 [3]인기척 드물고 비로소 너는 너를 닮은 어둠을 찾아 위장과 은폐를 배우게 되었다는 뜻 [4]잎을 모두 파산한 가시나무 속에서 가장 뾰족한 것을 분별할 수 있게 된 것 [5]떠나는 사람, 돌아오는 사람 없이 어떤 시간도 채근하지 않게 된 것 [6]기대어 속삭일 만한 마음 없이 이야기는 말라가고, 착지할 수 있는 벼랑조차 남아 있지 않은 일 [7]추억도 기억도 끼어들지 않은 채로 평평하게 펼쳐진 시간 위에 네가 장대처럼 솟아 있는 것 [8]주인이나 손님 없이 잃어버릴 것도 더는 지킬 것도 없는 버려진 풍경을 목도하고 있는 것, 그것이 내내 측은하게 떠오르는 것 [9]가꾼 적 없이 웅장한 향기를 지닌 꽃과 나무의 탱글탱글한 열매 사이로 쏟아지는 햇빛을 맞서고 있는 것 싸우는 것 [10]세상과 유실된 외곽의 고요하고 소외된 침묵이 꽤나 마음에 드는 것 [11]끝난 적 없이 다시 시작해도 되는 여백의 공포탄을 엿들은 것 [12]명랑한 걸음으로 걸어 들어온 햇빛에게 조숙한 네 어둠의 이마를 내주게 된 일 [13]너무 많은 것이 땅속에 묻혀 있어서 그것을 하나씩 꺼내려고 흙을 파헤치고 만신창이가 되길 자처한 것 [14]풍경을 아로새기던 것을 하나씩 지우며 오롯이 멎을 수 있는 시간을 완성한 일 [15]그리하여 네가 되는 것 혼자였던 너를 깨우고, 행방을 분간하는 숲의 소실점 향해 제 발로 걸어 들어가는 것 [16]길 잃은 청설모랑 구겨진 네 모습이 내내 담겨 있다 얼어버린 웅덩이 하나를 깨뜨리고 도망가는 겨울에 대한 묘사 [17]네가 돌아오지 않는 나의 어떤 저녁 무렵, 그 무렵에

4부
여긴 따뜻한 이야기가 망쳐버린 혹한이었지

킨츠기 교실

선생은 시즈오카현 출생 녹차의 고장에서 태어났기에 언덕에 대한 이해가 깊다

각자 가져온 접시는 모두 깨진 것이다
조각을 이어 물결무늬로 만들 수 있겠군요 깨진 곳 사이사이가 다시 친해지도록 작은 흠을 이어 반짝임을 그려낼 수 있을 거예요 금이 간 것을 숨길 수 없으니 더 빛날 수 있도록
그렇게 접시의 깨짐을 붙여 메우는 것이 킨츠기예요

상처를 아름답게 발음할 수 있었다
핀잔도 핏기도 없이 녹차를 호호 불며 마시던 선생은
각자 깨진 것과 그것을 메우는 시간을 차분히 기다려준다
"언덕을 가르는 기다림을 해본 적 있나요?"
선생은 어느 날 가와구치코호수가 그려진 엽서에 그런 질문을 적어 준 적 있었다

한국말은 어눌하고 학생들 솜씨는 서툴렀으므로 우리는 서로에게 매달린 시간이 길었다

이어 붙인 대로 다시 깨질 수 있다지만
접시를 깨뜨렸던 실수는 흉터의 좋은 재료가 된다

파편에도 연습이 필요합니다

선생이 수첩을 열어 꺼내는 말을 학생들은 받아 적었다
비법은 말을 걸어 오는 일을 좋아해
삐곡한 히라가나 사이에 그려 넣은 무성의한 낙서
시즈오카의 녹차밭 언덕에 누워 있는 자신을 닮은 캐릭터다 볼펜 자국으로 그려진 말풍선에는
느낌표로 끝나는 일본어가 적혀 있다

뭐라고 적으신 건가요? 담백한 미소를 지으며 선생은 말한다
"비웃지 마. 내가 스스로 넘어진 거야!"

깨진 것을 이어 붙이며 무늬를 새겨 넣은 저 접시를 시작하는 접시라고 불러야 할까?
유약을 바르고 기다리는 하품들

선생은 시즈오카 언덕의 휘파람 조종사

창밖 하늘엔
영원히 날고 있는 비행접시

유리 문진

한낮 공원 벤치에 앉아 가만히 돌을 고른다 윤이 나고 둥근 것을 찾다가 나중엔 거칠고 무거운 것을 고르게 된다

사는 게 참 재미있다

앉아 있던 자리에 돌을 올려두고 떠나면

다음 날엔 누군가 더 크고 무거운 돌을 올려놓았다

내가 고른 것을 비웃기라도 하듯

새를 쏜살같이 쏘아 올리는 하늘과 햇빛

내 풍경화에서 가장 먼저 오리게 된 것

돌이 도망치지 못하도록

새로운 돌을 찾지 못해 눌러앉을 수 없었다 그의 돌을 비웃어줄 만한 게 없어서

그날은 나를 올려놓고 왔다

이제는 그와 내가 벤치 위에 나란히 앉아 있다

돌을 겨누는 동안 창백해진다

몸속 물방울들이 보였다 그게 아름다움의 비결이라고

아무도 말하지 않는 대화는 자꾸 길어졌다

그가 나보다 먼저 떠나게 되었고
비웃는 내 입꼬리는 윤이 났다
햇볕에 앉아서 한 일은 그늘을 기다린 일 어둠에게 가지 말라고 애원한 일 온데간데없이 말간 눈 뜨고는 오는 아침에 나의 돌을 씻긴 일

돌의 최선은 모나고 성글어서 주먹을 대신 쥐는 일이 아니었을 것이다 아무도 고르지 않는 기쁨을 누리고 싶었을 것이다

벤치 위에 나를 두고 온 뒤로
넘어가지 않는 페이지가 있다

그는 나를 대신할 만한 돌을 찾으러 갔지만
비 소식이 잦았다

여진 속으로

캐치볼이 끝나고 야구 글러브에서 손을 막 꺼낼 때
그 열기를 이제 그만 잊고 싶어
식어버린 반바지를 입고 불꽃 속으로 달려가면

저기 한 사람이 저물어가고 있다
신호가 바뀌어도 건너지 않는
횡단보도 앞에서 자신을 두고 가려는 자를
목격한 이후로부터

나의 지도는 무너질 게 아직 남아 있는
공터들로 건설되었다
산책이었는지 감시였는지 구분되지 않는
조용하고 무성한 발걸음을 모자 속에 숨기고

집에는 끝내지 못한 뜨개질이 복도의 겉옷을 짜고 있다
코바늘이 남겨져 있던 방문을 열자
커튼 걷던 사람이 까치발로 서 있다

쉿! 죽음을 기리는 인테리어로 아기를 재우고는

깨어날 때까지만 사는 자명종도 있다

옆집에는 모르는 사람이 드나들고
주일예배와 간단한 점심
저물었던 한 사람이 돌아오기에 너무 먼 곳이다
천천히 차가워지고 싶은
아름다운 화단과 도덕으로 조성된 미로

눈물 자국 진한 몰티즈가 현관문 발굽 사이로
얼굴을 내밀고 있다 안녕
찬송가 합창이 고요히 울려 퍼지고

어디선가 들어본 적 있는
멜로디

비산화

기후 위기에서 구해주세요 팻말에 그려진
북극곰 이마 위로 반짝이 별 스티커를 붙이고 돌아서는
중학생의 운동화 코

회전축 하나가 내 안경에 빗금을 긋고 지나갈 때
목이 말라 숨길 수 없을 때

사람들은 약속한 적 없이 하늘에 대해 떠든다
기어코 고개를 들어 올려보다가
교회 첨탑 십자가 밑으로 지어진 새 둥지를 발견한다
살기로 약속한 적도 없이

슬리퍼는 언제 버리지?
그곳을 떠날 때만

느낌과 기분은 산업안전보건법에 치명적이야
내가 회사를 그만두던 날 네가 해준 말
목이 말라서 아무 대꾸도 없이
붉은 종아리들이 죽은 신발을 타고 걸으며

언젠가 시침질해둔
여름을 뜯으며 걷는 여름이었다
이젠 차가운 구름 솜을 덮어야겠구나

북서 태평양에 사는 틀링깃족은
빙하가 소리를 들을 수 있다고 믿는대
그 위에 서서 험담이나 거짓말은 하지 않는대
얼음은 진실에 가깝대

사람은 녹아갈 때마다 넘어지곤 해
맞아, 사실 지어낸 말이야
드라이기로 젖은 머리 말리며 하던 이야기
차가운 농담이 이름에 박혀 시려오면

눈동자 위를 하염없이 미끄러지기도 한다
흐리게 보일 정도로만 닦는 눈물
부축할 수 있을 정도로만 넘어짐

나의 열기를 주고 너의 냉랭함을 받는다

꼭 돌려받아야만 했던 일처럼
불이 꺼지지 않아서 내려올 수 없는 열기구 타고
작별을 근사하게 말하는 법 모르고

서로의 이마를 부딪쳐야만 갈 수 있는 곳이 있어
한쪽 안경에 빗금을 마저 긋고 싶어

갈증의 터울을 헤아리며 걸어갈 때
내가 탔어야 했던 버스에
목발 쥔 학생이 절뚝이며 올라탄다

귤 창고

따뜻한 이야기가
귤을 썩게 만들었다고

이야기를 옮기다 곪아가던 것이 번져서
머지않아 여길 모두 떠날 때까지
우린 이 주소를 기억해내야만 하고

왔던 곳이잖아
내가 한 번 끝났던 곳
어두컴컴했지만 지나온 곳 중 가장 맑았던 곳
너도나도 코너였던 곳

아름다운 생각이 오고 있으니까
나는 머물러 있을게
따뜻해지면 죽어가는 것들을 간병하면서

귤은 모질게 둥글어지기로 한다
흩어지자는 말을 했던가

살려달라는 말과 다르지 않았다
우리는 갈무리하지 못한 채로 서로를 배회하다
꼭지에서 다시 만나기로 한다
가장 떫고 신물 나는 초록을 속임수로

우리는 누가 지키지 않은 맹세였던 거지?
이야기가 바닥나 갈증이 나서
귤은 자꾸 열리고

겨울이 태어나도록 내버려뒀으면서
따뜻한 이야기 듣고 싶어 해
차디찬 귓바퀴에 손을 포개어주며
가본 적 없는 겨울 풍경을 짐작하기만 해

겨우 귤이면서
다 마를 만큼만 젖을 거면서
새로운 기다림을 열어
늑장 부리던 새의 호기심에도 미치지 않는
껍질이면서

눈에 띄지도 않는 동심원이면서

아무도 여기가 어딘지 말하지 않는다
그저 따뜻한 이야기를 들려주며
짓물러가는 향기로 대화를 이어나갈 뿐

성에 낀 창밖에는
자물쇠를 든 사람이 서 있다

여긴 따뜻한 이야기가 망쳐버린 혹한이었지
아마도 거의 다 울어가던 겨울이었지

만년작

창고 정리는 그리 오래 걸리지 않을 것이다 나는 그를 돕고 그는 나를 필요로 하지 않는다

아수라장 속에서도 잘 보이는 게 있다면 그것을 사랑했는지 떠올려볼 필요가 있다 그것에 대해 그가 말해줄 차례였지만
도열해 있는 회중시계가 대신 응답한다
창밖은 대공황
문 가까이에 놓인 것 중엔 상황을 나아지게 할 재료가 놓여 있지 않다 가장 깊숙이 꺼낸 것은 세상 앞에 까막눈이고
나의 침묵이 그의 앞에선 소란이다

선반이 하나씩 비워진다 버릴 것이 늘어난다 버릴 것을 세심하게 보살피던 그는
부서진 채로 망가진 채로 그것을 담지 않기 위해
빚어진 모양을 헤아리기 시작한다

창밖엔 불에 탄 첨탑이 무너져 내린다 다친 사람이 다

친 사람을 부축해간다 들것에 실린 사람이 아는 사람인지
그는 잘 구분하지 못한다 화염과 물대포에 창문은 얼룩지고
우리는 날씨와 시간을 잃는다
환란 속에서 그는 나를 잊은 것이 틀림없다

촛대가 있지만 실내를 밝힐 수 없다는 게, 호주머니가 있지만 가져갈 라이터나 동전은 없다는 게, 그와 함께 있지만 그럴 수 없다는 게 의아하다
쓸모없어진 것들을 대신하는 것도
쓸모없는 것들이라면

창고 정리는 생각보다 길어진다 몇 사람의 태엽이 다 감길 때까지 바깥의 폭동이 멈출 때까지도
설탕 포대에 기대어 잠이 들었다 쥐가 파먹은 자리로 손을 넣으면 따뜻했다 꿈자리의 사금파리가 다 모여 있는 것 같아서

잠결에 나는 그를 향해 그런 말을 했던 것 같다

밖에 사람들은 왜 싸우고 있어요?

모든 인기척이 갈등이던 정적이 흐르고
그는 마른 입술을 벌려 무어라 말했지만 나는 못 들은 척했다
이곳에 들어오기 위해 그도 그랬을 것이기에

나는 그의 어릴 적이 된 것만 같다
기억하는 사람 하나 없을 새벽 풍경이었지만
이건 어떤 시절인가요? 물으면 혼날 것 같았다 그가 돌아서면 무서운 얼굴로 나를 보고 있을 것만 같았다

[tsu]

츠— 라고 발음해도 쯔— 라고 발음해도
쓰— 라고 발음해도 모두 맞지 않는
그런 이름이 있습니다
그 사람은 나무를 돌보고 있는데요 저는 그 나무의 이름을 모릅니다
모르는 것이 많아 여기는 가파른 언덕입니다

그는 헛도는 나사를 조이고 있습니다
스툴은 완성되어가고 있지만 망가져가는 것처럼 보이기도 하는군요
풍경의 경첩이 열렸다 닫힙니다
누구든 기다리는 쪽이 될 수 있습니다
스툴은 기억력이 좋지 않아서
앉은 사람을 자주 돌려세워 앉히곤 합니다
이야기가 다시 시작할 때의 회전은 우리 간격의 허점을 만들었지요

츠나 쯔, 쓰가 아니라 입천장에 혀를 살포시 갖다 대는 연습으로

투명한 사탕을 입에 물듯이
그의 이름을 최선을 다해 부르는 것은 접니다

그는 나무 앞에 서면
용서받는 기분이 들어 좋다고 합니다
그의 앞에 서면 나는 언제나 양해를 구해야만 할 것 같지만요

한 번도 제대로 불러본 적 없지만
아는 이름이 있습니다
츠나 쯔, 쓰를 모두 더해도 부를 수 없는 발음의 이름은 그의 것입니다

이름 모를 나무는 그의 것도 나의 것도 아니지만
누구나 이 스툴에 앉을 수 있다는 것
그런 것이 곳이 되는 순간도 있습니다
바람 많고 강아지풀 성가시던 그 언덕의 주소를 츠나 쯔, 쓰를 번갈아 부르던
그의 이름으로 대신 부를 때가 있습니다

코트 안쪽에 달라붙은 도깨비바늘의 기억력으로

허물어지던 스툴 나사를 찾으러 떠난 그가
다시 돌아올 때까지

저는 츠나, 쯔, 쓰를 입안에 넣고 휘파람처럼 멀어져 갑니다
이 이야기가 그와 함께 나무를 바라보고
스툴을 나눠 앉았어도
한 번만 이름을 제대로 불러주었더라면

끝났을지도 모르는 이야기
이 줄거리가 고쳐지지 않습니다

시립수영장

매미 허물에 담긴 빗물 마시며 풍뎅이가 투명하게 살찌는 동안에도 여름은 간다 생각이라는 생각에 잠겨 있을 때 너는 잠시 불거져오는 여름의 일들을 잊으려고 물속으로 뛰어든다 이곳에 아무도 없다는 사실이 너를 처음 헤엄치게 만들었다는 것을 그때까진 알지 못한 채로

너는 젖은 몸을 닦으며 수영장에 난 작은 창 너머 풍경을 본다 엊그제의 네가 가방을 메고 학교에 간다 어제의 너는 신호등이 바뀌는 동안에도 좀처럼 길을 건너지 않고 내일의 너는 이 풍경을 다 이해라도 한 듯이 나타나지 않는다 지금 네 손에는 초시계가 쥐어져 있고

레일의 물살을 가르며 너는 돌아온다 겨우 다시 제자리로 돌아오는 일을 하려고 가라앉지 않는다 오후 세 시엔 뜰채를 든 여자가 수면 위로 올라온 것들을 조용히 건져낸다 수영장을 씻기는 사람의 마음을 너는 알지 못한다 알 수 없던 때를 종종 그리워하면서

창살로 쏟아지는 햇빛에 젖은 등부터 말라간다 너는 주

저앉아 구슬땀의 행방을 찾는다 아무도 없는 수영장에서 홀로 도착에 대해 생각한다 출발은 여기가 아니었고 우는 얼굴이었으니까 물이 은폐하는 기나긴 숨바꼭질을 하게 된다 물에 씻긴 것들을 잊었다고 생각하며

너는 이제 수영장에 오지 않는다 다음 여름 그다음 여름에도 엊그제의 너는 성실히 학교를 졸업했고 어제의 너는 자전거 페달을 밟고 있다 이 풍경 바깥에 있는 너는 멈추지 않고 두고 간 초시계처럼 계속 흐른다 아무도 없는 수영장 한가운데에 뜰채 하나가 잠자코 떠 있다

흑설(黑雪)

눈을 치우는 사람과 눈사람을 만드는 아이가
한 골목에 나란히 있다

그해 겨울엔 검은 눈이 내렸다
믿을 수 없겠지만
사실보다 더 사실처럼 내렸다

눈송이를 돌려주기 위해서
그들은 빛보다 먼저 내려앉아 눈을 거들었다

우리는 얼마나 많이
다행이라는 물방울 속에 적설량을 감춰왔나
사람들의 눈금을 지우며
쌓여가는 검은 눈

어디서부터 잘못되었는지
알 수 없는 일들에게 소원을 빌었다
하얀 입김이 빚는 검은 눈사람의 형태를

눈이 녹아가는 거리
그들은 이제 모두 같은 골목을 걸어간다
검은 눈은 세상의 하얀 것을 데려간다

없었던 일은 될 수 없겠지만
해프닝으로 남겨지기 위해

머리를 찾는 눈사람이 굴러간다
검은 눈은 사람들을 목격자로 만들어놓고선
이제 아무 때나 오지 않고

그라운드제로

우리는 고작 십 분 전으로 돌아가고 싶어 하고
미래는 양껏 웃는다

아이는 공원에 앉아 무언가를 그리고 있다
언젠가 이곳에 있었던 것들이다
구경하던 아이는 가보고 싶다고 말한다

우리는 뒷모습인 채로
앞을 향해 걷고 있다 서로의 손을 움켜쥐고
꺼내 준 얼굴을 낙서하며

회전문의 이미지에 사로잡힌다
되돌려놓을 수 없게 된 시간 속에서
원점을 울리는 오르골이 된다

두 사람이 울창하게 서 있다
폐허에서 그들이 한 일은
서로를 열심히 만진 일
혼자가 되는 기분에 필요했다 서로가

빰과 입술과 눈물의 거리를
최선을 다해 헤맬 수 있도록

우리는 십 분 후를 생각하지 않는다
이곳은 흑백사진으로 인화되고
아이는 또 오고 싶다고 말한다

영과 거품

이것은 지우개 속에 들어 있던 스케치

드나들 바람에게도 손님용 슬리퍼를 신겨주던 다정한 건축가의 일기장엔 그렸다 지우길 반복한 문지방이 쌓여 있다

그 사이 화면 속 기타노 다케시의 권총은 가벼워진다
으름장이 꼭 사랑 추파 같아 낙서를 뚫고 나온 말을 하려던 참인데 깜빡 졸았다 흘러내릴 어깨도 없이

바닷가에는 텅 빈 뿔소라를 머리에 올려보는 자와 귀에 포개어 엿듣는 자가 서로 장난을 치고 있다
아무도 기억하지 않는 로맨스
호시절의 황홀하고 짜릿한 허탕을 위하여
영화는 점차 할 말을 잃고 어두워져가는 화면이다

우린 합주곡이 가장 선명히 들리는 변방에서
표본 속 물방울의 기억력처럼
영원을 실감 나게 하는 장치로

모든 것을 물거품으로 만들 거대한 파도가
제일 진귀한 표정을 씻겨 보여줄 차례다

뻿뻿한 풀포기 밟으며 달리는 추적자가 있었지
흔들려보면 쉽게 알 수 있었는데
무심코 지나쳐온 것들이 우리를 설명하기도 한다

바닷가의 두 사람 중 한 사람이 쓰러진다
뿔소라 속으로 이 이야기가 흘러 들어간다
문지방이 없는 곳에서는
거품도 발품을 팔았다
발이 푹푹 꺼져도 놀랍지 않았다

나이트글로우

이게 몇 번째 정전이더라 우리는 빈 촛대 앞에 나란히 선다 초도 없이 촛대만 가지고 있는 인테리어에 대해서 떠들다 평소보다 더 어두워진 실내에서 서로를 실감한다 그건 어둠도 어디엔가 쌓여 있다가 무너져 내렸다는 뜻

불 앞에만 서면 약속한 적도 없이 각자 잃어버린 것을 꺼내곤 했다 네가 담배를 피워서 다행이야 나는 너에게 라이터 켜는 법을 배웠지 잠깐 환해지는 엄지손가락을 나눠 가지듯 어디선가 빛을 꺼내고 있을 테니까 우리는 더 초조하게 어둠에 대해 묘사하자

형광펜이 종이를 긋는 소리가 들려온다 머리 위 샹들리에가 떨어지는 상상을 한다 불을 만들고 불을 짓기 시작한다 빛이 아니라 불이어야 하는 것은 우리가 터득한 어둠의 건축술이었지 뜨거운 이야기를 꺼내고 그것이 식어가는 동안

우리는 온종일 축축한 물수건처럼 앉아 빈 전구를 들여다본다 슬픔을 감광하는 어둠이 눈동자에 붙어서는 떨어

지지 않는다 서로를 알아볼 수 있었다는 게 신기하지 빛이 도착하지 않는다 서로의 이마가 충돌한다

가진 것을 켜면 얼마든지 식별할 수 있는 어둠이었지만 자막을 지운 영화처럼 속삭일 수 있다는 게 서로에게 넘어질 각오로 쉴 수 있다는 게 잃어버린 것을 찾아올 수 있다는 게 빛을 공해로 보냈던 오후를 잠깐 잊을 수 있다는 게 좋아서

우리는 흰 양초처럼 우두커니 서서 서로의 심지를 지켜본다 그을음을 감추고 창문으로 건너오는 빛을 본다 너의 등허리에 몰래 붙여놓았던 야광 스티커가 빛나고 있다

무조(撫棗)

1

한 시절 병동에선 창문을 열어보지 않았다 서로 안색을 전망했지만 웃지 않는 얼굴이 가장 편했기에

(무균실에서의 생동감)
(말린 꽃으로 청혼하기)

바라지 않았던 것은 아니나 대미를 장식할 대머리 화관을 쓰고 닫힌 문에서 닫힌 문으로 가는 일이 평생에 걸친 일이란 것을

2

그들은 땅에 떨어진 불사조를 내려다보고 있었다 뜻밖의 희소식이었나 화마 쓴 산을 등지고 내려와 개울가에서 손 씻을 때 그들의 얼굴을 베껴 그린 물속 방화범들 그들은 본 것을 말하지 않으려고 악몽의 비탈을 타고 놀았다

머릿속 그을린 테두리로 스며든
　이 삽화의 여운은 끝날 기미 보이지 않고

3

　아이를 몰래 낳아 기르던 여자는 선반에 머리를 찧고는 목이 찢어지도록 우는 아이를 달래지 못했다 아프면 이렇게 크게 울게 되는구나 그래야 하는구나
　아이가 잠들면 꼭 이 밤이 자신을 살려준 것 같았다 여자는 야산에 올라가 펑펑 울었다 산을 깎을 기세로 나무를 흔들 기세로 꿈에서 울던 아이의 슬픔도 멎게 할 기세로 문턱을 나서게 될 아이에게 어떤 말을 가르쳐야 할지 살아온 좋은 날을 골라 아이 이마에 얹어보는 밤이었다

4

　이것은 기쁨의 외국어

대답 없는 미소에 화답하는
얼얼한 침묵
병동 정원을 휘젓는 것은 고양이뿐이다
조심성 없는 자에게 행운이 따를 것

말없이 손을 건네는 회화나 부축으로 채근하는 사랑 속엔 있을 줄 알았는데 서로 허를 깊게 찌르고
도저히 낳을 수 없는 것을 낳아 길러온 시간이었고

거울 보며 인사를 연습하는 아이와 아직 개울 속에서 꺼내 오지 않은 사람들과 불사조의 추락을 본 사람들 그 밤을 허겁지겁 먹어치우던 여자 이곳에 모두 모여 있다는 맹세
이름 대신 서로를 다친 곳으로 부르는 방식으로

복도 끝에 서서 모퉁이를 도는 사람을 본다
돌아서도 끝내 사라지지 않는 것이
그들의 간병을 멈추지 않는다

오래오래 아프게 될 것이다

비로소 함께할 것

양산을 돌돌 말며 교회로 들어가는 사람들과 함께, 비늣방울 담긴 총을 들고 가장 사랑하는 것을 조준하는 아이들과 함께, 갈라진 석류 속을 마구 파고드는 벌레들의 뿔과 함께, 안갯속 전조등을 깜빡이는 트럭과 함께, 버려진 마스크에 코를 박고 킁킁거리는 코커스패니얼과 함께, 재난 영화의 엔딩 크레디트와 함께, 수영장 물이 다 빠지기를 기다리는 다이버와 함께, 미수에 그친 여름 장마와 함께, 객식구들이 돌아가며 눕는 베개와 함께, 해열제가 담긴 플라스틱 스푼과 함께, 백신이 오지 않는 화물 터미널의 탑차와 함께, 하나가 되려는 연인과 함께, 어린 고양이가 밟고 지나가는 인간의 어깨와 함께, 조수석에 떨어진 약혼반지와 함께, 언젠가 빠져버린 발톱과 함께, 주사위에 없는 숫자와 함께, 공중전화의 무료 와이파이와 함께, 새싹을 밟는 아이들의 샌들과 함께, 책 속을 기어다니는 책갈피와 함께, 열여섯 살의 무라사키 시키부와 함께, 도살장의 물탱크와 함께, 약국 봉투에 적힌 만 나이와 함께, 잎사귀를 뒤집는 자벌레와 함께, 백 년 동안 세탁소에 걸려 있는 런던포그 코트와 함께, 돌려 입다 그만둔 리바이스 청바지와 함께, 자가 격리 중인 전신 거울과 함께, 청

룡 열차의 마지막 운행과 함께, 열두 번 깨지고 나서야 반짝이는 이마와 함께, 읽었지만 잊어버린 시들과 함께, 그렇게 만선으로 출렁이는 종이배와 함께.

우리들의 킨츠기 교실

송현지
(문학평론가)

아무도 없는 우리

이제 막 『나쁘게 눈부시기』를 다 읽은 당신을 떠올린다. 당신은 어느 곳에 밑줄을 그어두었는가. 어떤 시를 읽으며 한쪽 귀퉁이를 접었는가. 어쩌면 당신은 나와 달리 책에 어떠한 흔적도 남기지 않으려는 쪽인지도 모르겠다. 그저 손톱으로 꾹꾹 눌러두는 정도로 어느 문장을 만난 기쁨을 표시해두었을 수도, 시 몇 편을 읽다 말고 괜스레 엄지로 종이를 파르르 넘기다 이 글을 발견하고는 내가 건네는 말을 먼저 들어보기로 했을 수도 있겠다. 그렇더라도, 이 글을 읽고 있다면 당신도 새것 그대로의 시집을 가지고 있는 것은 아니어서 나는 당신이 손에 쥐고 있는 시집에 대한 상상을 조금 더 이어가본다. 앞날개를 열어 젖힌 흔적이 있는 그것의 표지를. 종이가 넘겨질 때마다 들어간 공기로 조금 부풀어 있는 그것의 옆면을. 시를 읽다 차오르는 숨이, 혹은 그의 시를 읽어내고 싶은 간절함이 긴 숨이 되어 내뱉어지며 만든 그것의 둥근 형태를. 이제 나의 상상은 당신의 책장으로도 옮겨 간다. 당신에게는 오래전에 사둔 이것과 똑같은 판형의 시집이 있지 않은가. 여러 번 읽어 얼룩이 생기고, 짓무르다 말라버린 흔적이 작은 웅덩이 모양으로 남아 그에 얼굴을 파묻던 날들을 생각나게 하는 시집이. 누가 볼까 더 이상 가지고 다니지는 못하다 어느덧 잊어버린 시집이. 만약 이러한 나의 말이 "읽었지만 잊어버린 시들"(「비로소 함께할 것」)과 어떻게든 "책등을 비집고 들어가 문장을 기웃거"(「겟세마네」)리던 그때의 당신을 떠올리게 한다면, 그것들을 잃어버렸다는 생각에 끝없이 아쉬워진다면, 나는 정확히 『나쁘게 눈부시기』의 문 앞에 당신을 데려다 놓은 것이다. 서윤후는 이 다섯번째 시집에서 흘러가는 시간과 그로 인해 사라지는 것들에 대해 말한다.

> 매미 허물에 담긴 빗물 마시며 풍뎅이가 투명하게 살찌는 동안에도 여름은 간다 생각이라는 생각에 잠겨 있을 때 너는 잠시 불거져오는 여름의 일들을 잊으려고 물속으로 뛰어든다 이곳에 아무도 없다는 사실이 너를 처음 헤엄치게 만들었다는 것을 그때까진 알지 못한 채로

너는 젖은 몸을 닦으며 수영장에 난 작은 창 너머 풍경을 본다 엊그제의 네가 가방을 메고 학교에 간다 어제의 너는 신호등이 바뀌는 동안에도 좀처럼 길을 건너지 않고 내일의 너는 이 풍경을 다 이해라도 한 듯이 나타나지 않는다 지금 네 손에는 초시계가 쥐어져 있고

레일의 물살을 가르며 너는 돌아온다 겨우 다시 제자리로 돌아오는 일을 하려고 가라앉지 않는다 오후 세 시엔 뜰채를 든 여자가 수면 위로 올라온 것들을 조용히 건져낸다 수영장을 씻기는 사람의 마음을 너는 알지 못한다 알 수 없던 때를 종종 그리워하면서

창살로 쏟아지는 햇빛에 젖은 등부터 말라간다 너는 주저앉아 구슬땀의 행방을 찾는다 아무도 없는 수영장에서 홀로 도착에 대해 생각한다 출발은 여기가 아니었고 우는 얼굴이었으니까 물이 은폐하는 기나긴 숨바꼭질을 하게 된다 물에 씻긴 것들을 잊었다고 생각하며

너는 이제 수영장에 오지 않는다 다음 여름 그다음 여름에도 엊그제의 너는 성실히 학교를 졸업했고 어제의 너는 자전거 페달을 밟고 있다 이 풍경 바깥에 있는 너는 멈추지 않고 두고 간 초시계처럼 계속 흐른다 아무도 없는 수영장 한가운데에 뜰채 하나가 잠자코 떠

있다

—「시립수영장」 전문

흘러가는 시간에 대해 먼저 이야기해볼까. "여름은 간다"라고 적으며 시인은 한 방향으로 향하는 시간의 움직임을 나타낸다. 일상에서도 '시간이 간다'와 같은 말을 흔히 사용한다는 점을 떠올려본다면 이런 서술이 특별하다고 말하기는 어렵다. 그러나 이 문장이 엄밀히 말해 오류를 내포한다는 사실과 조금 당겨 말하자면, 그것을 모르지 않아 보이는 시인이 이렇게 서술한 데 이번 시집의 문을 여는 열쇠가 있다.

"여름은 간다"는 말은 무엇이 잘못되었는가. 주어의 자리에 시간을 놓아둔 이 문장은 우리를 시간과 동떨어진 채 그것을 관찰하고 있는 존재로 보이게 한다는 점에서 잘못된 인식을 부추긴다. 시간 속에 살고 있는 우리가 시간과 분리될 수 없다는 사실을 이 문장은 반영하지 않는다. 그렇지 않은가. 지금의 우리는 미미하게나마 어제의 우리와 달라졌다. 손톱과 머리카락이 자랐고, 새로운 시를 하나 더 읽기도 했으며 어떤 시는 우리도 모르게 잊어버리게 되었다. 어쩌면 하루 단위가 아니라 시 속 "초시계가" 가리키는 것처럼 매초 단위로 우리는 변하고 있는지도 모른다. 그러므로 엄격히 따진다면 저 문장은 '여름은 (우리와 함께) 간다'로 수정되어야 마땅할 것이다.

그런데 시인은 “여름은 간다”라고 쓰면서도 “엊그제의 너”와 “어제의 너” 그리고 “내일의 너”를 분명히 구분한다. 가령, 이 시에서 그는 시간의 움직임을 물의 흐름에 빗대어 시간이 ‘어제의 너’를 밀어내 ‘지금의 너’로 살게 하고, ‘지금의 너’를 다시 ‘내일의 너’로 만드는 장면을 연출한다. 물이, 아니 시간이 ‘너’에게 남아 있는 지난 일들을 점차 씻어버리고 ‘너’가 수영장 바깥으로 나가 결국 돌아오지 않는 서사에 시간의 움직임이 작용한다는 점을 그는 주목한다. 시간이 흘러가며 우리를 조금씩 다른 존재로 만든다는 생각을 그는 시간에 따라 ‘너’를 구분하여 명명하는 방식을 통해 나타낸 셈인데, 다음 시에서는 ‘어제의 나’를 “아이”라 부름으로써 이를 더욱 뚜렷이 나타낸다.

> 아이는 왕골 모자를 푹 눌러쓰고 옥수수밭을 걷곤 했지
> 초여름 세이코 카세트 플레이어 녹음 버튼을 꾹 누르고 바람 속에 흘려보내는 허밍을
> 언젠간의 노래처럼
> 언젠가의 합창처럼
>
> [……]
>
> 꿈이 오지 않는 베개를 베고 아이에겐 팔베개를 내주었지 너와 나는 가야 할 길이 다르니까

꿈에선 아이가 나를 업고 말없이 걸었는데
머쓱해진 나는 눈에 보이는 풍경을 아름답게 읽어주었지만 횡설수설이었고

이제는 볼 수 있을 거예요
우리가 살아내고 있는 단 한 사람을

뒤돌아본 여름은 창백한 얼굴을 하고서
더 멀리 가라고 손짓하고 있었는데

깨어나 보니 아이는 없었지
녹슨 대문이 언제나 들키는 비밀을 알아
떠나고 나서야 시끄러워지는 게 있으니까

여름이면 떠올리는 것들
우리가 없어도 계속 재생되는 것들

—「아무도 없는 우리」(p. 63) 부분

마치 서로 다른 두 사람이 만나고 헤어진 양 '어제의 나'인 "아이"와 "지금의 나"를 구분하여 서술한 이 시는 시간이 우리를 지금으로부터 얼마나 먼 곳으로 데려다 놓는 것인가를 생각하게 한다. 그러고 보면 생이란 그렇지 않

은가. 아이인 '나'가 어른을 둘러업고 가다가("아이가 나를 업고") 어느새 어른인 '나'만이 남아 걷고 있는 것. 문득 아이(였던 '나')는 여기 없다는 사실을 깨달으며 어른이 되어버린 자신을 실감하는 것. 녹음해둔 "바람 속에 흘려보내는 허밍"처럼 어른이 된 '나'는 아이인 '나'의 녹음본만을 머릿속에서 재생한 채 살아간다는 것. "수면 위로 올라온" 어떤 기억을 통해 우연히 이를 알아차리기 전까지 우리는 매 순간 자신이 변화하고 있다는 것을 인식하지 못한 채 "다음 여름 그다음 여름"(「시립수영장」)을 보낸다. 「아무도 없는 우리」를 비롯해 이번 시집의 여러 작품이 이처럼 '상실한 나'에 대한 뒤늦은 각성을 다루고 있다는 점에서 "여름은 간다"라는 그의 문장은 시간에 대한 상투적인 표현도, 시간과 우리의 관계에 대한 그의 무딘 감각이 부지불식간에 노출된 지점도 아닌, 대개의 우리가 시간을 인식하는 방식, 그러니까 시간의 흐름에 대해 생각할 때 시간과 우리의 관계를 괄호 쳐 배제한다는 사실을 정확히 가리키는 것이 된다.

'어제의 나'의 상실은 이처럼 뒤늦게 알게 되는 것이기에 더욱 강렬하게 다가오는 것인가. 사실상 '어제의 나'는 '지금의 나'가 내어준 "팔베개를" 베고 나란히 누워 있다 점차 멀어지는 것이지만 꿈에서 깨어난 듯 이러한 현실을 갑자기 마주하게 되는 대부분의 경우, 이는 생경한 감각으로 찾아온다. 철저히 '혼자'가 되어 "단 한 사람"으로 살아가고 있다는 감각. 이런 낯선 느낌을 전달하기 위해서일까. 서윤후는 일반적으로 나와 타자를 묶어 가리키는 '우리'라는 말을, 타자와 다름없어진 '어제의 나'들과 '지금의 나'를, 그리고 여러 '나'들을 아우르는 독특한 방식으로 사용함으로써 생소한 개념으로 만든다. 그리고 그 개념 위에서 힘주어 말하는 것이다. 시간의 존재로 살아가는 한 아무도 그런 '우리'를 가질 수 없다고.

겹의 고독

자신이 온전히 혼자라는 사실을 자각할 때 우리는 고독해진다. 그런 의미에서 『나쁘게 눈부시기』의 화자는 고독하다. 물론 이때의 고독은 앞서 새로 정의된 '우리'와 마찬가지로 바깥 세계와의 관계와 관련된 것만은 아니다. 나를 이루던 수많은 '나'가 사라지고 지금도 사라지고 있다는 감각, "언젠가" 자신을 향해 "있는 힘껏 던진 돌들이 모두 잠들어"버리고 "지루하고 볼 것 없는"(「고독지옥(孤獨地獄)」) 하나의 얼굴로 살아가는 일의 외로움 역시 '고독'이라는 말을 통해 가리킬 수 있다. 지난 일은 "없던 일"인 양 "숨 쉬는" 데에만 집중하는 듯 보이는 무표정한 얼굴을 유년 시절 우리는 얼마나 많이 보았는가. 이제 그런 얼굴이 되고 나니 알게 되는 것이다. 지난날을 돌아볼 겨를 없이 반복되는 일상이 그들을 그런 얼굴로 살아가게 만들었으리라고. 그런데 반대의 경우도 있지 않을까. "방독면"을 쓴 것과 같이 이제는 "눈과 코와 입을 닫으며" 무엇에도 쉽게 반응하지 않는 얼굴로 살아가기로 작정하는 경우도. 지난날을 기억에서 지우고, "외우고 있던" 지난 '나'의 "눈 코 입을"(「커다란 얼굴로부터」) 더 이상 '나'의 얼굴로 움켜쥐지 않기로 마음먹은 경우도.

예컨대 서윤후의 화자에게는 어떤 '나'와는 "마주치지 않으려고 최선을 다했던 삶이"(「겨울 밀화」) 있었고, "나를 잠깐 잃어버리고 싶어서/서성"(「우연과 재회」)이던 시절도 있었다. "옥상에 올라가" "하품을 실컷" 하던, 무언가를 "우러러"보던, "우산을 잘 잃어버리"던, 누군가에 "편지하"던 여러 '나'들을 그는 "배웅"조차 하지 못한 채 과거에 남겨두고 왔지만, 지금 어딘가에 그들이 잠들어 있음을 알아차리더라도 "장막 뒤에 숨"기는 이 역시 그 자신이었다. 그가 봉인해둔 수많은 '나'들의 정체가 무엇인지 우리는 그가 "모르겠"(「망아와 유과」)다고 말한 것만큼이나 알지 못한다. 다만 '나'들의 "잠겨 있는 뒷모습을 열지 않는 것이"(「견본 생활」) 그에게 스스로를 지키는 일이었음을 추정할 수 있을 뿐이다.

어떤 기억만큼은 잃어버리고 싶지 않으면서 어떤 기억은 상실해버리고 싶은 마음. "아이가 나를 낳고 찾아오지 않"는 것이 쓸쓸하면서도 "작년 일은 다시 오지 않을 것이”(「근하신년」)라는 말이 위로가 되는, 기억에 대한 이양가적인 마음은 그의 고독에 겹을 만든다. 이와 같은 “불구의 마음을” 누구에게도 쉽게 내보이기 힘들다는 점에서 스스로가 “자신의 간병인이 되”(「고독지옥(孤獨地獄)」)어 이 모순을 홀로 감당해야 하는 상황적 고독이 하나라면, 기억의 안과 밖, 어디에 있어야 할지 고민하는 경계자로서의 고독이 다른 하나다. 「시립수영장」과 「망아와 유과」 등에서 확인되듯 이번 시집에서 유독 안과 밖을 구획하는 서술이 잦은 것은 이와 무관하지 않을 것이다.

기억에 대한 이 모순된 감정의 거리는 데뷔 이후 이번 시집에 이르기까지 서윤후가 벌려놓은 사이이기도 하다. 『어느 누구의 모든 동생』(민음사, 2016)에서 유년의 기억을 붙잡고 있었던 그는 『휴가저택』(아침달, 2018)에서 “애틋했던 소년들을 모두 떠나보”내고 “여름의 기나긴 서사”(「휴가저택」)가 흘러간 미래를 상상하며 기억의 두 극점을 마련했다. 그 후 발간된 『소소소(小小小)』(현대문학, 2020)와 『무한한 밤 홀로 미러볼 켜네』(문학동네, 2021)에 이어 이번 시집에서 시인은 소년도 노인도 아닌, 그러니까 지금을 살아가고 있는 성년의 목소리로 발화하는 가운데 그간 자신이 공간화한 기억의 안과 밖을, 그리고 그 경계에 놓인 자신을 조감한다. 기억의 문제에 대해 하나씩 질문하고 답하며. 이를테면 다음과 같은 질문과 답변들.

4

파쇄기가 파쇄기 속으로 들어가는 생각
다짐의 돌을 물 밖으로 꺼내 오는 생각
너무 많은 자격을 부여하는 생각

호주머니 속에는 젖은 돌멩이가

한 사람이 죽기 위해선 몇 명이나 필요해요?
구해달라고 고백하는 사랑은 이미 끝난 게 아닐까요?

어쩔 수 없음
고독은 입장을 표명함

—「고독지옥(孤獨地獄)」 부분

첫째, 어제가 오늘을 파쇄하며 나아가는 시간의 흐름에 대해 우리는 저항할 수 있는가? 그럴 수 없다. '지금의 나'는 밀려드는 '또 다른 나'로 인해 필연적으로 죽은 것과 마찬가지의 상태가 된다. 지금 내가 사랑하는 누군가, 지금 내가 골몰하는 생각은 그 대상과 내용만이 사라지는 것이 아니라 사랑하고 생각했던 행위 자체를 기억하지 못하게 되기도 한다("파쇄기가 파쇄기 속으로 들어가는 생각"). 그러나 아무리 기억의 바깥에 두려 해도 이미 우리의 "호주머니" 깊숙이 들어가 자리 잡고 있는 것이 있지 않은가. 예컨대 어떤 상처, 어떤 사랑은 "호주머니 속" "젖은 돌멩이"처럼 그 존재감을 드러낸다. 그렇다면 두번째 질문, 이것도 사라지는가? 그렇지 않다. 물론 시간이 많이 지난 후에 그것은 "빈 봉투"(「망아와 유과」)로 돌아온 편지와 같이 대강의 윤곽만이 남겠지만 사실상 윤곽은 그것이 있었다는 사실을 여전히 지시한다. 셋째, 그렇다면 어떤 기억을 우리가 선별해서 보존하거나 상실하는 것은 불가능한가? 그렇다. 이것은 "어쩔 수 없"는 일이다. 우리는 기억을 통제할 수 없으며 그러고자 할 때 오히려 또 다른 상처를 만든다.

사람들이 물레를 돌리며 연을 날리고 있다
내 기억의 뒤뜰에 모여서

[……]

허허벌판 공중을 떠도는 것만은 아니다
연과 연이 뒤엉키기 전까지
다른 연의 목줄을 끊고 돌아와야 끝나는 놀이

연과 함께 날린 가미의 용도가 그렇다
사기그릇 조각이나 유리를 매달고

어떤 쪽이든 끊어지기를 기다리면서
빛에 굴절되어 반짝이거나
천방지축 아릿하게

나의 뒤뜰에 모여 있는
이곳의 등장인물이 마음에 든다

사람들을 뒤뜰에 남겨두려고
깨진 것 중 가장 날카로운 유리가미를 고른다
끊어진 연을 주우러 또 올 수 있게

[……]

끊어질 각오로 다시 태어나는 기분은 어때?

뒤뜰에는 터진 고무공 하나
물이 고인 나무 벤치

손을 떠난 연은 이제 나를 잊어버린다
지루해진 사람들이 하나둘 떠나간다
각자 날카로운 가미를 쥐고서

뒤뜰 울타리 문 닫히고

여기는 아직 깨지지 않은 항아리

내 유리가미가 허공을 그은 자리마다
비 웅덩이

상처 아닌 별
없는 밤
내 오랜 파수(把守)의 역사가 밝아온다

—「유리가미」 부분

'나'의 "기억의 뒤뜰에 모여" 연싸움을 하던 사람들이 모두 떠난 이후 혼자 남은 '나'가 숱한 상처만이 남은 풍경을 마주하는 장면을 눈여겨보자. 좋아하는 이들에 대한 기억을 붙잡아두기 위해 자신의 연이 "끊어질 각오로" 그가 사투했음에도 불구하고 그들이 "하나둘 떠나"고, "손을 떠난 연" 역시 '나'를 "잊어버"리는 이 장면에서 우리는 (뒤뜰에 있는 "터진 고무공"과 "물이 고인 나무 벤치"가 각각 복원되지 않는 상실과 흔적만이 남은 지난날을 상징하는 것과 더불어) 기억이 비가역적이라는 사실을 다시 확인할 수도 있을 것이다. 그러나 무엇보다 이 시에서 주목해야 하는 점은 이 상처가 다름 아닌 '나'의 행위로 인해 발생했다는 사실을 시인이 짐짓 강조하고 있는 것처럼 보인다는 점이다. "가장 날카로운 유리가미를" 골라 좋아하는 사람들의 연을 끊어 그들을 붙잡아두려는 '나'의 전략은 단절을 통한 유지라는, 그 자체로 사실상 모순을 안고 있는 방법일 텐데 이 시는 그 실패한 방법론을 상세히 복기함으로써 기억을 통제하는 것이 어떤 결과를 낳는지를 예증한다. 자신이 만든 상처의 풍경을 비로소 '나'가 목도하는 장면은 그가 이제 기억을 다루는 새로운 방법론을 궁구하게 될 것임을 예고하는 것이기도 하다.

기억 구조하기

'나'는 어떠한 방법을 찾았을까. 「유리가미」가 그의 새로운 방향성을 드러내는 작품인만큼 여기에는 어떤 힌트가 있는 것 같다. 그러고 보니 이 시는 "내 오랜 파수(把守)의 역사가 밝아온다"라는 독특한 문장으로 끝나지 않는가. 과거("역사")와 현재("밝아온다")를 잇달아 연결한 이 문장은 일차적으로는 상처투성이의 밤을 보낸 '나'가 이제 아침을 맞이하고 있음을 기록한 것으로 읽힌다. 그런데 좀더 깊숙이 들어가보면 이 문장은 현재란 밝아오고 있는 "역사"의 현장이라는 생각을 뒤에 거느리고 있다. 다시 말하자면 시인은 현재를 과거의 변형된 산물로 바라보게 된 '나'의 말을 끝으로 시를 마무리 짓고 있다는 것인데, 이는 '나'가 과거는 단지 과거에 속하는 것이 아니라 현재의 것이자 미래의 것이기도 하다는 생각에 당도했음을 추측하게 한다.

1

중학생처럼 말하고 싶다
맨발로 전신 거울 위를 서성이는 기분으로
그러다
발자국으로 자욱한 얼룩을 닦아야 할지
쭈그리고 앉아 빗금을 만져야 할지
걸음을 흘려봐야 알 수 있겠지만

[……]

2

어떤 사람은
삶 전부를 바쳐 자신에게 그려진 웅덩이를 게워낸다
그 불거져오는 얼룩에 뒤덮이지 않으려고
옥수수수프 위 후추나 헐떡이는 광어 대가리를 뒤집어쓴 천사채처럼
할 일을 다 하고도
주사위 굴릴 순서가 오지 않는

인생의 불경기를 살기도 한다

[……]

3

사구를 헤엄쳐 오르는 나의 웅덩이를 위해서
나는 허락하지 않는 연습을 한다

중학생처럼 말하기 혹은 듣기

아무도 집어 가지 않는 대걸레의 순서도 있어
창문 연 교실 부풀어 오르는 커튼 뒤에서
수돗가에서 분수 만드는 모습을 보고
운이 좋으면 무지개를 흔들었지

구름 한 점 없이 화창한 날
마른 운동장에 생긴 물웅덩이
거기에서 시작된 것 같다 눈물 아끼기
갈증에 중독되기 말줄임표 사귀기

서로의 어깨동무를 떠나오면서야
이야기가 시작된다는 게 좋아

웅덩이를 자맥질하는 희고 둥근 어깨뼈들
언덕에 누워 몸을 말린다

서로를 끌어안은 들불이 오고 있다

지금 들꽃을 보자
있는 힘껏

—「들불 차기」 부분

현재의 시점에서 새로이 과거와 관계를 맺으려는, 시집의 한편에 있는 여러 '나'들이 이를 증명한다. 이 시의 화자가 그 대표적 예다. 예컨대 그는 "중학생" 시절이 그리워 "중학생처럼 말"해봄으로써 "맨발로 전신 거울 위를 서성이"듯 성년이 된 자신을 '중학생다움'으로 뒤덮어보고자 하면서도 그것이 "닦아야 할" "얼룩"일지, "만져야 할" "빗금"인지를 '지금' 입장에서 헤아려보아야 하는 일이라고 적는다. 또한 어떤 기억이 자아내는 슬픔에 '지금의 나'가 뒤덮이지 않기 위해 기억을 게워낼 수도 있겠지만 이런 행위가 현재의 삶을 반드시 긍정적인 방향으로 나아가는 것을 보장하지는 않는다는 점을 신중히 생각해본다. 더 이상 기억을 보존하는 것 혹은 특정 기억의 상실을 바라는 것 자체에만 관심을 기울이는 '나'는 여기에 없다. 그 대신 이제 우리가 마주하는 것은 기억을 현재의 것으로 변환하려는 새로운 '나'의 모습이다.

이는 시에 소환된, 아름답게도 쓸쓸하게도 여겨지는 시절을 '나'가 다루는 방식에서도 확인된다. '나'는 아마도 중학생이던 시절, "아무도 집어 가지 않는 대걸레"처럼 외따로 떨어져 교실의 창문을 통해 보았던, 수돗가에 모인 아이들이 왁자지껄 분수를 만들던 모습과 무지개에 대한 기억을 두고 "서로의 어깨동무를 떠나오면서야/이야기가 시작된다는 게 좋아"라고 말한다. 실제로 "마른 운동장에" "물웅덩이"가 만들어졌던 이 사건은 메마른 감정으로 살아가고 있는 지금 그의 머릿속에 남아 있는 언제 증발될지 모르는 기억이기도 한데, 그는 더 이상 그 기억에만 머무르거나 혹은 그것이 자아내는 감정 속에 머무르지 않고 거기서 빠져나와("웅덩이를 자맥질하는 희고 둥근 어깨뼈들/언덕에 누워 몸을 말린다") 지금, 그것으로 새로운 이야기를 만든다. "들불"을 거스를 수 없는 것이 우리의 운명이라면, 그는 이를 그저 애달파하기보다는 들불이 지나간 후 새로운 꽃이 더욱 건강하게 자라나는 미래에 대해 생각하기로 한 것 같다. 이미 피어 있는 "들꽃을" 재료로 삼아 들불이 번질 때, 지난 들꽃이 새로운 꽃으로 환하게 살아나게 하는 것, 다시 말해 지난날을 현재의 맥락에서 새로이 탄생하게 하는 것. 이것이 그가 도달한 기억을 다루는 새로운 방법으로 보인다.

선생은 시즈오카현 출생 녹차의 고장에서 태어났기에 언덕에 대한 이해가 깊다

각자 가져온 접시는 모두 깨진 것이다
조각을 이어 물결무늬로 만들 수 있겠군요 깨진 곳 사이사이가 다시 친해지도록 작은 흠을 이어 반짝임을 그려낼 수 있을 거예요 금이 간 것을 숨길 수 없으니 더 빛날 수 있도록
그렇게 접시의 깨짐을 붙여 메우는 것이 킨츠기예요

상처를 아름답게 발음할 수 있었다
핀잔도 핏기도 없이 녹차를 호호 불며 마시던 선생은
각자 깨진 것과 그것을 메우는 시간을 차분히 기다려 준다
"언덕을 가르는 기다림을 해본 적 있나요?"
선생은 어느 날 가와구치코호수가 그려진 엽서에 그런 질문을 적어 준 적 있었다

한국말은 어눌하고 학생들 솜씨는 서툴렀으므로 우리는 서로에게 매달린 시간이 길었다
이어 붙인 대로 다시 깨질 수 있다지만
접시를 깨뜨렸던 실수는 흉터의 좋은 재료가 된다

파편에도 연습이 필요합니다

선생이 수첩을 열어 꺼내는 말을 학생들은 받아 적었다
비법은 말을 걸어 오는 일을 좋아해
빼곡한 히라가나 사이에 그려 넣은 무성의한 낙서
시즈오카의 녹차밭 언덕에 누워 있는 자신을 닮은 캐릭터다 볼펜 자국으로 그려진 말풍선에는
느낌표로 끝나는 일본어가 적혀 있다

뭐라고 적으신 건가요? 담백한 미소를 지으며 선생은 말한다
"비웃지 마. 내가 스스로 넘어진 거야!"

깨진 것을 이어 붙이며 무늬를 새겨 넣은 저 접시를 시작하는 접시라고 불러야 할까?
유약을 바르고 기다리는 하품들

선생은 시즈오카 언덕의 휘파람 조종사

창밖 하늘엔
영원히 날고 있는 비행접시

—「킨츠기 교실」 전문

깨진 접시의 파편들을 이어 붙여 새로운 접시를 만드는 공예 기법인 킨츠기가 이 방법을 요약한다. 킨츠기 공예의 목적이 깨진 접시를 원상태와 똑같이 복원하는 데 있는 것이 아니라 파편들을 새로이 배치한 후 그것들이 맞대어진 부분에 금가루나 은가루를 뿌려 오히려 금이 간 부분을 빛나게 하는 것, 그리하여 새로운 아름다움을 탄생하게 하는 데 있다는 점에 주목해보자. 이는 더 이상 어느 시절을 시간으로부터 구조(救助)하려 애쓰는 것이 아니라 그것을 현재의 시점에서 새롭게 구조(構造)하려 하는, 기억에 대한 변화된 '나'의 태도와 공명한다. 이것은 달리 말해 어떤 순간이 과거에 어떤 의미를 가지고 있었는지가 그에게 더는 그리 중요하지 않게 되었다는 말이기도 하다. 그가 현재를 살아가는 데 이를 어떻게 활용할 수 있는지의 문제에 집중하면서 이제 지난날은 새로운 형태로 승화된다.

이러한 방법은 김홍중이 어느 글에서 언급한 기억의 보존술을 연상하게 한다. "아름다운 기억을 남기지 않기 위해 최선을 다할 것. 이를 엄격히 실행할 때, 아름다운 기억은 파괴되지 않고 보존될 '수'도 있다."* 이 문장에는 이러한 아이러니를 가능하게 하는 구체적 방법론이 빠져 있지만 우리는 서윤후의 시를 읽으며 비로소 그 방법이 무엇

* 김홍중, 『은둔기계』, 문학동네, 2020, p. 108.

인지를 알게 되는 것이다. 그런데 이것은 서윤후의 시작(詩作) 방법이기도 하지 않은가. 일상의 아주 사소한 순간, 금세 과거가 될 파편들, 보고 듣고 느끼고 생각한 모든 것을 그는 기억으로 남기지 않고 이어 붙여 시로 만든다. 예컨대, "구청에서 심은 사프란의 꽃말"과 "약국 비타민 광고"와 "무더기로 피어 있"는 "장미"(「사프란」)와 같은 풍경들. "들불이 오"기 전에 "힘껏" 바라본 "들꽃"(「들불 차기」)들을 모두 모아 만든 시들로 그의 시집은 "만선"의 "종이배"(「비로소 함께할 것」)가 되어 앞으로 앞으로 나아간다.

짓무른 공동체를 위한 시

이처럼 『나쁘게 눈부시기』가 과거를 현재의 새로운 자리에 배치하는 방법을 알려주고 있다는 점에서 그의 시를 읽고 있는 우리는 그의 "킨츠기 교실"에 와 있다고 말해도 좋을 것이다. 이런 말은 「킨츠기 교실」에 대해 이 글이 아직 말하지 않은 중요한 지점과 닿아 있다. 저 교실에는 누가 있는가. 깨진 것을 이어 붙이는 작업이 새로운 아름다움을 태어나게 할 것을 믿으며 "각자 깨진 것과 그것을 메우는 시간을 차분히 기다려"주는 "선생"과 그의 "말을 받아 적"는 "학생들"이 그곳에 있다. 어쩌면 누군가의 머리로는 이해되지 않는 일을 하기 위해 함께 모여 있는 이들. 세상에는 깨진 접시 따위는 신경 쓰지 않고 버리는 이들이, 언제든 새로운 접시를 사면 그만이라고 생각하는 이들이 얼마나 많은가. 그런 의미에서 각자 고독했을 그들이 만나 오랫동안 "서로에게 매달"리고 있는 광경은 앞서 새로이 정의된 '우리'를 다시 비튼다. 여러 '나'들의 합으로 이루어진 '서윤후식 우리'는 사라졌지만, 같은 문제를 고민하며 앞으로 나아가려는 이들이 모여 만들어진 새로운 '우리'를 시인은 내보인다. 그들은 더 이상 지난날의 웅덩이 속에 빠져 온통 젖어 있지 않지만, 여전히 마르지 않은 지난날의 상처를 "호주머니 안쪽"(「고독지옥(孤獨地獄)」)에 가지고 있다는 점에서 조금은 짓물러 있다. 이런 이들이 만나 만들어진 모임을 나는 '짓무른 공동체'라고 불러본다.

따뜻한 이야기가
귤을 썩게 만들었다고

이야기를 옮기다 곪아가던 것이 번져서
머지않아 여길 모두 떠날 때까지
우린 이 주소를 기억해내야만 하고

왔던 곳이잖아
내가 한 번 끝났던 곳

어두컴컴했지만 지나온 곳 중 가장 맑았던 곳
너도나도 코너였던 곳

아름다운 생각이 오고 있으니까
나는 머물러 있을게
따뜻해지면 죽어가는 것들을 간병하면서

[……]

아무도 여기가 어딘지 말하지 않는다
그저 따뜻한 이야기를 들려주며
짓물러가는 향기로 대화를 이어나갈 뿐

성에 낀 창밖에는
자물쇠를 든 사람이 서 있다

여긴 따뜻한 이야기가 망쳐버린 혹한이었지
아마도 거의 다 울어가던 겨울이었지

—「귤 창고」 부분

짓무른 귤이 서로 붙어 있으면 더욱 쉽게 물크러진다는 것도, 따뜻한 곳에 귤을 두면 상한다는 것을 모르는 것도 아니지만, 시인은 짓무른 귤과 같이 마음 어느 부분이 곪아가고 있는 이들이 모여 "따뜻한 이야기를" 나누는 일이 서로에게 "혹한"을 이겨낼 수 있는 힘이 될 수 있다고 말한다. 이때 그는 다시 한번 안과 밖을 구분한다. 서로에게 마음을 열지 못한 이들이 추운 겨울날 '밖'에 머무르고 있는 것과 같다면("성에 낀 창밖에는/자물쇠를 든 사람이 서 있다") 이야기가 모자랄 때마다 서로 더 마음을 여는 이들은("이야기가 바닥나 갈증이 나서/귤은 자꾸 열리고") 창고 '안'에서 따뜻함을 나누고 있음을 대비하려는 듯. 홀로 자신을 "간병"하던 그들이 이제는 서로를 간병하고, "짓물러가는 향기로 대화를 이어나"가며 겨울을 견디는 공동체가 여기에 있다.

물론 이 공동체는 영원한 것도, 그리 강한 결속력을 가지고 있는 것도 아니다. 그간 서윤후의 시집에서 그려진 '우리'처럼 킨츠기 수업이 끝나면 뜸해지기도, 서로를 "두고 가"(「공범」, 『무한한 밤 홀로 미러볼 켜네』)기도 하는, "하나들의 집합"(「커뮤니티」, 『어느 누구의 모든 동생』). 그러나 순간일지라도, "빛이 도착하지 않는" 어둠 속에서 이마를 맞대며 서로의 짓무름을 바라봐주고, "뜨거운 이야기"로 "불"(「나이트글로우」)을 지펴 서로를 따듯하게 해주는 이러한 공동체는 서로의 맑음을 어둠에 짓눌리지 않게 만든다. 이제는 형태가 거의 사라질 만큼 짓물러버린 '공동체'라는 개념을 서윤후는 이번 시집에서 다시 반짝이게 하는 셈이다.

그런 의미에서 나는 시인이 쓴 "아무도 없는 우리"라는 말을 골똘히 생각해본다. 「하록수림」의 화자가 "숲이 비어 있다"고 적은 '너'의 편지에 대해 "오랫동안 생각"해봤던 것처럼. 앞서 이 글은 "아무도 없는 우리"라는 말을 '나'의 일부가 사라졌다는 뜻으로, 여러 '나'들이 떠나간 뒤 '나'가 "황폐한 곳에 있다는" 은유로 읽었다. 이것은 "추억도 기억도 끼어들지 않은 채로 평평하게 펼쳐진 시간 위에" 멈춰 선 '나'가 목도한 "버려진 풍경"이자 그가 자신의 균열을 바라본 장소를 나타내는 말이기도 했다. 하지만 서윤후는 서로의 어둠을 나누는 새로운 '우리'에 대해 이야기하며 고독의 여러 겹을 무겁게 가지고 있는 '너'와 '나' 그리하여 다른 누군가는 이해하지 못할 수 있는 '너'와 '나'가 '우리'로 잠시 만나는 순간을 소개한다. 그래서 "아무도 없는 우리"라는 말은 이제 다르게 읽힌다. 어두운 세상을 살고 있는 '너'와 '나'에게는 서로를 이해할 수 있는 존재가 우리 외에는 아무도 없다는 말로.

이런 '우리'를 갖는 일은 어려운 일이다. 누군가는 불가능한 일이라고 말할 수도 있을 것이다. 만약 당신이 그렇게 생각한다면 이 글을 시작하며 내가 던졌던 질문들을 떠올려보기를 권한다. 나는 당신에게 잊어버린 시가 있냐고, 아스라한 기억이 당신을 아쉽게 하느냐고도 물었다. 만약 그런 말들에 고개를 끄덕였던 기억이 떠오른다면 이제 당신은 나와 당신과 서윤후가 이미 그런 '우리'가 되었음을 알아차렸을 것이다. 그의 시집은 얼마나 더 많은 이들을 '우리'로 묶이게 할 것인가. 지금의 나는 알지 못한다. 다만 나는 밑줄 쳐둔 그의 문장들과 수없이 접어둔 시집의 귀퉁이를 이어 붙인 이 글이 더욱 많은 당신을 우리들의 킨츠기 교실에 초대할 수 있기를 소망할 뿐이다.